AMÉLIA,

OU

LES DEUX JUMEAUX ESPAGNOLS,

DRAME

En cinq actes, en prose, mêlé de pantomimes, danses, combats et musique;

Représenté pour la première fois sur le Théâtre de la CITÉ-VARIÉTÉS ET DE LA PANTOMIME NATIONALE, le 26 Messidor an 6 de la République Française;

Par E. J. B. DELRIEU,

Auteur du JALOUX MALGRÉ LUI à la Comédie Française.

. . . . . Quid non mortalia pectora cogis,
Auri sacra fames? . . . .

Prix, 1 franc 5 déc.

PARIS,

Chez { AU BUREAU DRAMATIQUE, rue Helvétius, N.º 664;
MIGNERET, Imprimeur, rue Jacob, N.º 1186,
VENTE, Libraire, Boulevard des Italiens.

AN VI.

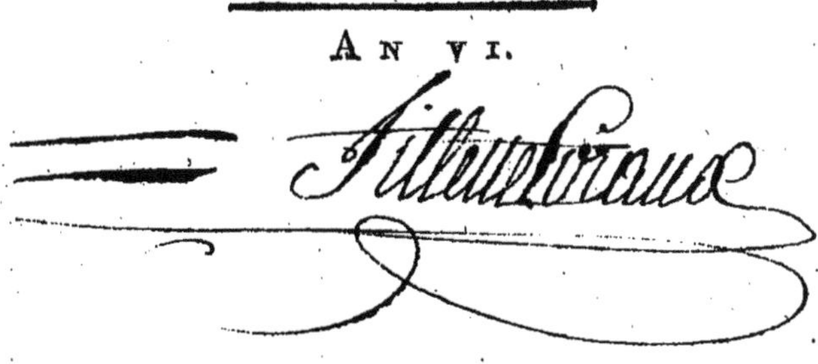

A MA MÈRE.

FLATTÉ d'un fol espoir, l'ambitieux Auteur,
Au prix de son ouvrage, achète un protecteur;
Il se fraye aux emplois une route peu sûre;
Il cède à l'intérêt; je cède à la nature.
J'offre, sûr d'être heureux en bornant mes desirs,
A l'Auteur de mes jours le fruit de mes loisirs;
Heureux si ce tribut de ma reconnaissance
Lui payait tous les soins qu'elle eut de mon enfance!

E. J. B. DELRIEU.

NOTE DE L'ÉDITEUR.

UN roman de LOUVET, intitulé *Emilie de Varmont*, ou *le Divorce nécessaire*, a fourni au citoyen *Delrieu* le sujet d'*Amélia*. Ceux qui ont lu le roman verront, en lisant le drame, combien est différente la manière dont les deux auteurs ont traité le même sujet. Le citoyen *Delrieu* a senti sur-tout que le dénouement, qui est mauvais dans le roman, serait pitoyable en passant sur la scène. On peut dire qu'il a corrigé *Louvet*, en supprimant son divorce qui laisse les lecteurs si mécontens, et en y substituant les deux idées heureuses, 1.º de Pizarre qu'il fait naître avant le mariage de la mère d'Amélia; 2.º de D. Pèdre qu'il suppose fils légitime, chassé dès le berceau par sa coupable mère et envoyé par elle au Mexique. Alors tout s'explique. Alors, 1.º rien de plus simple que le retour de D. Pèdre, qui s'ignorant lui-même, épouse sa sœur Amélia sans la connaître; 2.º rien de plus naturel que la fureur de Pizarre qui poursuit sans relâche D. Pèdre et Amélia, dont il a usurpé le nom et envahi les biens par un crime secret; 3.º rien de plus moral que le triomphe de D. Pèdre et d'Amélia, enfans légitimes et vertueux; et le châtiment du féroce Pizarre, qui devant le jour à un adultère, n'a pas eu grand peine à étouffer la nature et l'humanité.

Nota. Il n'y a de Pantomime obligée que dans les endroits où sont indiqués les divers morceaux de musique.

<table>
<tr><td>Personnages.</td><td>Artistes.</td></tr>
</table>

AMÉLIA, crue morte, 2.de femme de
D. Pèdre,   C.^{nes} DAMAS,
Premier rôle. Sensible, mais forte ; robe   F.^e TRUCHY.
   violette et riche, cheveux tressés autour
   de la tête, au 1.er acte ; aux quatre autres,
   robe grise et modeste, cheveux épars.

ÉLÉONORE, 2.e femme de D. Pèdre,
   et sœur d'Alonzo et de D. Juan,   FAURE.
Première Amoureuse, tendre et généreuse ;
   robe bleue, grande parure, cheveux tressés autour de la tête et ornés de perles.

D. JUAN,   jumeaux, frères d'Éléonore,
ALONZO,   amans d'Amélia, l'un liber-
          tin, l'autre vertueux ; joués
          par le même acteur,   C.^{us} CLOZEL.
Premier rôle. Habit violet, bas blancs à
   tous deux ; au premier un manteau, un
   chapeau à plumes rouges ; au second point
   de manteau, une écharpe blanche et un
   chapeau à plumes blanches.

D. PÈDRE, mari d'Amélia et d'Éléonore,   VALCOUR.
Second rôle. Bon et généreux ; habit rouge,
   chapeau à plumes blanches, ceinture
   rouge, bottes noires.

PIZARRE, frère adultérin d'Amélia ;
   homme cruel et faux,   CHEVALIER.
Habit vert, ceinture verte, chapeau à plumes
   noires et rouges, bottes rouges.

PASCAL, curé, jeune et sensible,   TAUTIN.
   soutane espagnole, cheveux plats.

ANTONIO, valet de Pizarre ; grand carac-
   tère, premier comique,   FAURE.
Habit jaune, manteau court, ceinture
   jaune, chapeau à plumes noires, grand
   manteau et redingotte rouges.

MARCEL, valet de D. Juan ; 2.^d comique, SAINT-MARTIN.
Habit et bas verts, ceinture verte.

DANSEURS, GENS armés du parti de Pizarre et du parti de
D. Pèdre.

La scène est aux environs de Cadix.

AMÉLIA,

OU

LES DEUX JUMEAUX ESPAGNOLS,

DRAME.

ACTE I.

Le Théâtre représente l'intérieur du château de D. Juan. La scène se passe dans une chambre obscure. On y distingue au fond trois grandes portes qui cachent une longue galerie. A droite des spectateurs, la porte de l'appartement d'Amélia.

SCÈNE PREMIÈRE.

AMÉLIA *seule, sortant de son appartement.*

(*Egarée.*) Où suis-je ? où vais-je ?... Dieux puissans ! soutenez mon courage.... Ombre révérée ! cesse de me poursuivre... Malheureux D. Pèdre ! Amélia envie ton sort.... Tous deux nous sommes victimes de la barbarie de mon frère !.. il a étouffé le cri de la nature ; il a incendié notre vaisseau ; il nous a tous deux engloutis dans les flots.... D. Pèdre ! tu n'es plus, et ton épouse respire !.. Et mon frère, pour envahir nos richesses, a fait publier ta mort.... et la mienne !... (*Elle rêve.*) S'il découvrait mon asyle ! si D. Juan qui m'a sauvée me livrait à mon persécuteur !.. Que dis-je ? D. Juan lui-même m'épouvante. Depuis six mois que je vis ignorée dans son château, chaque jour ses soins augmentent mon inquiétude ; chaque nuit j'implore en vain la paix.... Si le sommeil ferme par fois ma brûlante paupière, des rêves affreux viennent m'agiter. Je vois Pizarre, ce frère impitoyable, un poignard à la main.... Je sens le parricide acier s'enfoncer dans mon cœur.... Je m'éveille frémissante ; le repos même est un tourment pour moi.... (*Oppressée.*) La force m'abandonne.... je succombe anéantie sous le poids de mes peines. (*Elle tombe sur un sopha et y reste quelque temps accablée.*)

A

SCÈNE II.

AMÉLIA accablée, ANTONIO, MARCEL.

MARCEL à Antonio qui veut s'approcher d'Amélia.

N'AVANCE pas.... La voici !...

ANTONIO à demi-voix.

D. Juan, ton maître est absent.

MARCEL de même.

Il va rentrer.

ANTONIO.

Ne puis-je la voir ?... examiner ses traits ?...

MARCEL.

Oui ; mais sans en être vu !...

ANTONIO.

Elle dort ! et je puis....

MARCEL.

N'avance pas !

ANTONIO sans bouger.

Tu dis qu'elle est ici depuis six mois ?

MARCEL.

Oui.

ANTONIO.

Que D. Juan la trouva sur les côtes de Cadix ?

MARCEL.

Ouï : moi-même, je l'aidai à l'emporter dans ce château.

ANTONIO.

Elle était expirante !

MARCEL.

Oui, te dis-je ? les flots venaient de la jeter sur le rivage.

ANTONIO.

Son nom ?

MARCEL.

Elle l'a toujours caché ; mon maître la nomme Christine.

ANTONIO *regardant Amélia qui, dans son rêve, tourne sa figure vers Antonio, sans se réveiller.*

(*Avec surprise.*) C'est elle !... (*Bas.*) C'est Amélia ! elle respire !

MARCEL, *surpris aussi.*

Tu la connais ?

ANTONIO *avec intention.*

J'ai connu ses malheurs.... (*Coupant la conversation.*) Tu m'as dit que D. Juan avait le projet....

MARCEL.

D'en faire, bon gré, malgré, sa maîtresse.

ANTONIO.

Et tu consentirais....

MARCEL.

Puis-je l'empêcher ?

ANTONIO.

Oui.

MARCEL.

Comment ?

ANTONIO.

En m'aidant à l'arracher d'ici pour la rendre à ses parens.... qui la cherchent !...

MARCEL.

Je le voudrais de tout mon cœur ; mais je ne les connais pas.

ANTONIO.

Je les connais.... (*Bas.*) Qu'ai-je osé dire ?

MARCEL.

Et le danger ?... Si D. Juan nous surprenait !...

ANTONIO *lui présentant une bourse.*

Tu balances ?

(*Ici Amélia fait un mouvement convulsif, se met sur son séant sans ouvrir les yeux. Antonio veut s'approcher d'elle. Marcel l'arrête. Antonio le presse d'accepter la bourse. Marcel hésite ; il cède enfin. Antonio se débarrasse de Marcel, va vers Amélia ; à l'instant où il va pour la saisir, il est arrêté par ces mots qu'Amélia prononce en rêvant.*)

AMÉLIA, *les yeux fermés et tournés vers Antonio.*

Monstre !... Ah !... ce monstre.... est.... mon frère !...

(Antonio recule.) (Amélia se lève et le poursuivant toujours les yeux fermés.)

Arrête !... il ne m'écoute pas.... ses parricides mains se baignent dans mon sang !... il me traîne mourante !... il me replonge dans les flots !... (*Amélia s'arrête.*) Antonio, moins cruel que.... Mon frère me tend les bras , et mon frère.... m'assassine !... Mon frère !... s'il l'était, aurait-il soif du sang de sa sœur ? Pizarre !... Antonio !...

ANTONIO *à part.*

Elle m'a nommé ! où suis-je ?

AMÉLIA *se réveillant, sans voir ni Antonio , ni Marcel.*

Quel rêve épouvantable !... il s'est accompli.... Et pourtant je vis encore !... Et D. Juan, mon libérateur, prétendrait me ravir le seul bien qui me reste ? D. Juan !... plutôt la mort... (*Elle tombe dans l'accablement.*)

ANTONIO *à Marcel , bas.*

Tu l'as entendu.... profitons du moment. D. Juan va paraître. (*Il va vers Amélia.*)

D. JUAN *dans la coulisse, appelant.*

Marcel !... Marcel !...

(Marcel entraîne Antonio, et fuit par l'appartement d'Amélia.)

AMÉLIA *se levant.*

D. Juan !... Ah ! comment échapper au péril qui me menace ?

SCÈNE III.

D. JUAN, AMÉLIA.

(D. Juan ouvre, avec une clef en dehors, la porte du milieu au fond.)

D. JUAN *à Amélia qui veut rentrer dans son cabinet.*

(*Gaîment.*) Toujours me fuir ! est-ce là cette récompense que vous devez à votre libérateur ? à celui qui, depuis six mois, oublie pour vous et ses affaires et ses plaisirs ? Assez long-temps j'ai craint pour vos jours qui me sont si chers ! Grâce à mes soins, vous voilà parfaitement rétablie ; je ne veux plus songer qu'à votre bonheur.

AMÉLIA *à part.*

Mon bonheur !

D. JUAN, *d'un ton léger.*

Belle Christine ! ne cesserez-vous donc jamais de gémir ?... Oh ! j'espère que, dès ce soir, votre éternelle douleur ne tiendra point contre les terribles assauts que je veux lui livrer.

AMÉLIA *à part.*

Que veut-il dire ?

D. JUAN, *après avoir réfléchi.*

Je voulais d'abord vous surprendre ; j'ai changé de projet. Je sens que je ne puis rien cacher à celle que j'adore.

AMÉLIA *à part.*

Malheureuse !

D. JUAN.

Encore des soupirs ?... Apprenez que je viens d'ordonner pour vous une fête....

AMÉLIA.

Une fête !

D. JUAN.

Brillante, magnifique.... J'y ai invité tous mes amis.

AMÉLIA *effrayée.*

Tous vos amis !

D. JUAN.

Oui ; tous mes amis.... Il n'y a rien d'effrayant en cela. Mes amis seront les vôtres.

AMÉLIA.

Ne m'avez-vous pas dit que vous comptiez au nombre de vos amis un nommé.... Pizarre ?

D. JUAN, *d'un ton décidé.*

Sans doute... parbleu ! vous lui en voulez bien à ce Pizarre... il faut qu'il vous ait joué un méchant tour.... Mais rassurez-vous.... vous n'y verrez qu'un jeune homme.... mon frère !... (*Riant.*) Oh ! celui-là n'est pas redoutable, c'est un vrai Caton de vingt ans. Du reste, il y a exclusion pour tout homme au-dessous de quarante.... J'ai mes raisons pour en agir ainsi... Quant à Pizarre, il est en ce moment trop occupé à poursuivre l'héritage de sa sœur Amélia qui est morte.... (*Amélia frémit.*) pour qu'il vienne s'enterrer dans mon hermitage.... Si pourtant le hasard voulait qu'il y vînt, je le forcerais bien de respecter ce que j'aime.

A M É L I A *frémissante.*

Vous n'avez donc pas l'intention de me livrer.... à celui.... dont vous êtes l'ami ?

D. J U A N.

Une périphrase ! Qui vous empêche de le nommer ?.. Soyez sans crainte. D. Juan ne vous livrerait pas au plus puissant despote de la terre.

A M É L I A.

Vous me défendriez contre lui ?

D. J U A N.

Contre le monde entier.

A M É L I A.

En prenez-vous l'engagement ?

D. J U A N.

Je vous en donne ma parole d'honneur.

A M É L I A.

Puis-je compter sur la parole d'un homme qui est.... son ami ?

D. J U A N *souriant.*

Je l'avouerai, je ne suis point un excellent sujet, mais certes je vaux mieux que lui.

A M É L I A.

Peut-on valoir moins ? (*Agitation d'Amélia.*)

D. J U A N.

Ce mot n'est pas obligeant pour... mon ami ; mais il est juste. Je vois que vous le connaissez parfaitement.... (*Il rêve.*) A propos : pendant votre maladie, qui a été si longue, je vous ai souvent ouï répéter dans vos accès de fièvre ces mots : naufrage, vaisseau, poignard, Cadix ;... ne m'expliquerez-vous jamais cette énigme-là ?

A M É L I A.

Au nom du ciel, ne m'interrogez plus. Vous me l'avez promis.

D. JUAN.

Eh bien ! soit.... Vous pouvez au moins me dire qui peut tant vous intéresser à Cadix : y avez-vous votre famille?

AMÉLIA *avec un soupir.*

Je n'en ai plus.

D. JUAN.

Ce vaisseau a-t-il emporté votre amant?

AMÉLIA.

Mon amant !... je n'ai jamais connu l'amour.

D. JUAN,

(*Bas.*) Tant mieux ! (*Haut.*) C'était donc votre père ?

AMÉLIA.

Hélas ! je l'ai trop tôt perdu.

D. JUAN.

Votre frère ?...

AMÉLIA *avec un cri déchirant.*

Mon frère !... mon frère !...

(*Amélia tombe sur un siége.*)

D. JUAN, *effrayé et appelant.*

Marcel ! Marcel !... [MUSIQUE FORTE.]

(*Marcel accourt par le fond; il aide D. Juan à relever Amélia; il l'emporte dans la chambre voisine dont la porte reste ouverte.*)

SCÈNE IV.

D. JUAN *seul devant l'appartement d'Amélia.*

(*Irrésolu.*) MAUDITE soit ma curiosité !... je ne lui demanderai plus rien.... Aussi bien n'en suis-je pas plus savant et mes questions n'aboutissent qu'à la tourmenter sans m'éclairer... En attendant, je n'ose entamer une déclaration en forme ; je n'ose même franchir le seuil de sa porte.... (*Revenant sur l'avant-scène.*) Pizarre !... il est clair que, dans le nombre de ceux qu'elle appelle ses persécuteurs, tu n'es pas celui qu'elle hait le plus.... Il est clair qu'elle a un frère qu'elle déteste.... Tout ceci commence à m'inquiéter, à me lasser.... (*D'un ton léger.*) De quelle manière faudra-t-il que je l'attaque ?... Je

AMELIA,

n'aime pas les siéges, moi ; je ne me plais que dans les assauts...
Voilà pourtant six grands mois que je suis réduit, comme un
novice, à l'amour platonique.... C'est trop différer mon bonheur.... le sien.... (*Allant vers l'appartement d'Amélia.*)
Courons à ses genoux lui jurer....

SCENE V.

D. JUAN, MARCEL.

MARCEL *sur la porte.*

Elle vous prie de la laisser seule un instant. Cédez à sa prière.

D. JUAN.

Elle paraîtra du moins à la fête !

MARCEL.

Oui : dans peu elle sera en état d'y assister....,. Vos amis ne
sont pas encore arrivés. Votre frère Alonzo n'y viendra point.
Il a fait dire que des chagrins secrets qui regardent votre sœur
Eléonore, l'empêchaient....

D. JUAN *le renvoyant du geste.*

Il suffit... (*Marcel sort par le fond.*) qu'il garde ses secrets et sa personne. Il faudra bien s'en passer... (*gaîment.*)
Il me préfère les sages entretiens de son Curé philosophe. Eh
bien ! qu'il me néglige, qu'il vive loin de moi .... Alonzo !
Alonzo, tu ne sais pas de quoi tu te prives ; tu cherches par-
tout une belle, vertueuse, modeste, timide comme toi ; tu ne
chercherais plus si tu voyais ma prisonnière .... Oh! douce-
ment, tu voudrais en faire ta femme et nous nous brouillerions.
D'honneur ! cet enfant-là serait ton fait, tellement ton fait, que
si j'en étais moins épris, je te l'enverrais sur le champ .....
Que dis-je? non, mon cher Alonzo!... tu ne la verras point...
tu garderas ta douce innocence, sublime garçon !... Quel mé-
morable exemple tu laisserais à ce siècle de corruption, si l'on
te voyait un beau matin mourir à vingt ans d'une apoplexie de
chasteté !... (*Il rit.*) Je ne puis m'empêcher de rire en son-
geant à la bizarrerie de la nature qui nous a fait naître le
même jour avec le même air, les mêmes traits, les mêmes or-
ganes, et avec des sentimens si opposés.... Je n'oublïrai de ma vie
cette affaire d'honneur que lui valut notre parfaite ressemblance.
En vérité, je ne m'en serais pas mieux tiré que lui. (*Il rit.*)

SCÈNE VI.

D. JUAN, ANTONIO, *une lettre à la main.*

D. JUAN.

Ah! te voilà, Antonio?... Pizarre va-t-il venir?

ANTONIO *lui présentant la lettre.*

Lisez.

D. JUAN *la prenant.*

Il a reçu ma lettre d'invitation?

ANTONIO.

Vous tenez sa réponse.

D. JUAN *lisant la lettre haut.*

« Le portrait si ressemblant que tu me fais de ta belle pri-
» sonnière, si généreusement sauvée par toi, ne me laisse au-
» cun doute sur son sort et sur son nom. (*Il s'arrête ; jeu*
» *muet entre D. Juan et Antonio.*) Si jamais D. Juan eut de
» l'amitié pour Pizarre, voici le moment de le prouver. Re-
» nonce au projet de séduire celle que tu nommes Christine.
» Confie-la au fidèle Antonio qui te remettra cet écrit. (*Second*
» *jeu muet.*) Rends-la moi. D'elle seule dépend mon repos...
» Elle ne peut être à toi. Elle m'appartient! »

D. JUAN.

(*Avec feu.*) En deux mots voici ma réponse... Il réclame
sa maîtresse... Dis-lui de ma part qu'elle l'abhorre, que je
l'aime, et qu'il ne l'aura jamais... Tu m'as entendu... sors.

ANTONIO *sans bouger.*

Vous n'avez pas achevé de lire.

D. JUAN *tournant le feuillet.*

(*Souriant.*) Un cartel!... à un quart de lieue d'ici!...
dans la forêt!... Le piége est adroit... Pizarre! je te connais. Tu voudrais m'éloigner d'elle pour me l'enlever plus aisé-
ment. (*A Antonio.*) Dis-lui que s'il veut se battre avec moi,
je suis prêt ; mais qu'il aura, puisqu'il me provoque, la com-
plaisance de venir me trouver. Je ne sors plus de mon château.

ANTONIO *à part.*

Adieu ma ruse !

D. JUAN.

Dis-lui que j'ai des principes, moi, et que je jure de défendre jusqu'à la mort, la beauté que sa fureur ose poursuivre encore... Dis-lui aussi, car je sens qu'il est encore mon ami, dis-lui que s'il consent à me la céder de bonne grace, il peut venir à l'instant assister à la fête que je vais lui donner... Sors, te dis-je ?..

ANTONIO *en sortant.* (*A part.*)

Mon or a gagné Marcel. Courons nous travestir ; le succès est sûr, si je puis tromper les yeux d'Amélia.

(*Antonio sort par le fond.*)

SCÈNE VII.

D. JUAN.

(*En lui-même.*) Cachons à Amélia le cartel que j'ai reçu et surtout le nom de celui qui me l'envoie. (*A Amélia qui paraît.*) La fête va commencer ; venez l'embellir de votre présence.

SCÈNE VIII.

D. JUAN, AMÉLIA.

AMÉLIA *sortant de son appartement.*

Qu'exigez-vous de moi ?

D. JUAN.

Que vous cessiez de vous ensevelir vivante dans votre appartement. Mon château n'est pas une prison. Votre douleur....

AMÉLIA.

Durera autant que ma reconnaissance et mon estime. . . . . .

D. JUAN *bas, avec un peu d'humeur.*

Son estime ! toujours de l'estime ! . . . (*Les portes du fond s'ouvrent, le ballet paraît.*) [Musique gaie.]

(*D. Juan la fait asseoir à ses côtés. Le ballet commence ; il est interrompu par un coup de feu que l'on entend derrière le théâtre. Les danseurs sont effrayés. Amélia épouvantée se lève. D. Juan court au bruit.* (*))

(*) *Nota.* Dans les théâtres qui n'ont point de ballet, il suffira de montrer au fond quelques acteurs avec des bouquets, et de faire entendre une musique dansante, qui sera interrompue par le coup de pistolet.

SCÈNE IX.

AMÉLIA, D. JUAN, MARCEL.

MARCEL *accourant.*

Au secours ! au secours ! un homme masqué vient d'attaquer votre frère . . . .

D. JUAN *avec impétuosité.*

Mon frère ! . . . un guet-à-pens ? . . . Je gage que c'est à moi qu'on en voulait, et que sa ressemblance avec moi . . . . (*A Marcel, en sortant, lui montrant Amélia.*) Veille sur elle... (*Aux Danseurs.*) Suivez-moi. (*Il court au fond avec les Danseurs au bruit d'une musique forte, mais courte.*)

SCENE X.

AMÉLIA, MARCEL, ANTONIO *entrant par la chambre à droite.* (*Il est travesti.*)

MARCEL *à Amélia vivement.*

Suivez-moi . . . . Profitez du moment que cet incident vous ménage. Si vous restez ici, tremblez.

AMÉLIA.

Qu'ai-je à craindre ?

MARCEL.

L'infamie.

AMÉLIA.

L'infamie ! . . . quoi ? D. Juan . . .

MARCEL.

A résolu de tout tenter ce soir . . .

AMÉLIA.

Où fuir ?

MARCEL *lui montrant Antonio.*

Suivez cet honnête homme. Il vous conduira avec moi hors du château, par une secrète issue. Il peut seul vous arracher aux dangers qui vous menacent.

AMÉLIA *entraînée par Antonio qui se tait et détourne la vue.*

Qui m'entraîne ? puis-je me confier à un inconnu ?

MARCEL.

Ne résistez pas.

AMÉLIA *à Antonio.*

Qui êtes-vous ?

MARCEL.

Votre appui.

AMÉLIA.

Si mes ennemis me reconnaissent, il y va de mes jours.

MARCEL.

Si vous restez ici, il y va de votre gloire.

AMÉLIA.

La mort ou l'infamie !... je ne balance plus.

(Elle se livre elle-même à Antonio.)

MARCEL.

Silence ! on vient !

AMÉLIA *tombant dans les bras d'Antonio.*

Grand dieu !

ANTONIO *emportant Amélia.*

(A Marcel vivement et bas.) Marche devant nous ; si tu apperçois Pizarre, fais ce que je t'ai dit et ta fortune est faite.

[MUSIQUE VIVE.]

(Amélia est emportée dans son appartement. A peine a-t-elle disparu, qu'on voit accourir D. Juan et D. Pèdre précédés et suivis des gens du château armés.)

SCÈNE XI, très-rapide.

(Ils entrent en s'embrassant.)

D. JUAN, D. PÈDRE, Gens du Château armés.

D. JUAN *regardant D. Pèdre.*

(Ils ont tous deux l'épée nue à la main.)

(Etonné.) CE n'est point mon frère ?

D. PÈDRE.

Je le suis, je vous dois la vie.

D. JUAN.

Vous ! mon frère !...

D. PÈDRE.

Oui : je ne puis plus taire ce doux nom à mon généreux défenseur. Sachez que l'hymen m'unit depuis trois mois à votre sœur.

D. JUAN.

Votre nom ?

D. PÈDRE.

D. Pèdre, l'époux infortuné d'Amélia.... trois mois j'ai pleuré sa mort.

D. JUAN.

Et depuis trois mois ma sœur vous console en secret ; et moi, l'aîné de la famille, je l'ignorais !...

D. PÈDRE.

Sachez les motifs puissans qui m'ont forcé à l'épouser en secret et sous le nom de Courvallo... Sachez...

D. JUAN *distrait et impatient, regardant autour de lui.*

Je ne veux rien savoir, ce sont vos affaires... les miennes m'occupent assez... Je ne la vois plus !... (*Courant à l'appartement d'Amélia.*) Je vous ai sauvé, j'en suis satisfait pour ma sœur... (*Avec fureur.*) Elle n'est plus là !

D. PÈDRE.

Qui ! votre sœur ?... Elle était chez vous....

D. JUAN *hors de lui sans l'écouter.*

(*En lui-même.*) On me l'a enlevée !.. (*Appelant.*) Marcel !...

D. PÈDRE *alarmé.*

Qui cherchez-vous ?

D. JUAN *parcourant le théâtre.*

Celle que j'aime.... Marcel...

D. PÈDRE.

Elle était ici !

D. JUAN.

Et depuis long-temps dans la douleur et malade.

D. PÈDRE.

Malade !... Ah ! c'est moi qui ai causé tous ses chagrins.

D. JUAN.

Vous !... qui? vous !... mes soins lui ont rendu la vie...

D. PÈDRE.

A mon épouse !

D. JUAN *s'arrêtant.*

Elle étoit votre épouse ? est-ce vous qui l'aviez laissée dans
un si bel état sur les côtes de Cadix après son naufrage ?

D. PÈDRE *avec feu.*

Son naufrage ? . . . Cadix ? . . . Quel souvenir terrible vous
me rappelez ? . . . De qui parlez-vous enfin ? . . .

D. JUAN *avec emportement.*

De qui parlez-vous vous-même ?

D. PÈDRE.

D'Éléonore, de votre sœur.

D. JUAN.

Et moi de Christine , de ma maîtresse. (*Appelant à plusieurs reprises.*) Marcel ! Marcel ! . . . Holà , quelqu'un ,
holà ! (*Troupe de valets qui accourent épouvantés.*) Qu'est-
elle devenue ? où est-elle ? où est Marcel. (*Stupide immobilité
des valets.*) Ils sont tous du complot avec le ravisseur . . .
C'est Antonio ! c'est Pizarre ! . . . (*Il va pour sortir.*)

D. PÈDRE *voulant l'arrêter.*

Quel nom prononcez-vous ? quel est ce mystère ?

D. JUAN *se débarrassant de D. Pèdre.*

Vos questions m'obsèdent . . . Je ne vois que ma maîtresse.
On me l'a ravie, pendant que je sauvais l'amant de ma sœur.

D. PÈDRE.

Je suis son époux.

D. JUAN *sortant rapidement et égaré.*

Je suis au désespoir. Je meurs si je ne retrouve ma Christine.

D. PÈDRE *le suivant égaré aussi.*

Courons chez Éléonore.

(*D. Pèdre suit D. Juan qui est sorti plus troublé que lui. Les
gens du château, alarmés et épouvantés , se précipitent sur
leurs pas. La musique doit peindre le désordre de la scène.*)

Fin du premier Acte.

ACTE II.

Le Théâtre représente un site affreux, auprès d'un torrent qui traverse la scène ; il est environné de rochers. A droite, un coin de forêt.

SCÈNE PREMIÈRE.

(*Il fait nuit.*)

PIZARRE, Gens armés.

PIZARRE.

[Pantomime ; musique d'horreur.]

(Les gens armés entrent et suivent Pizarre qui les conduit. Pizarre est impatient et agité ; il montre à ses gens le torrent qui va bientôt engloutir la victime ; il leur distribue de l'or. Ses gens le prennent avec avidité, partagent l'impatience de Pizarre, brûlent de saisir la victime et de la précipiter dans le torrent. Pizarre s'éloigne d'eux ; son agitation redouble.... Il est égaré, hors de lui ; il se calme un peu et dit :.)

(Parlant seul sur l'avant-scène. Ses gens sont immobiles au fond.)

Amélia respire encore, et D. Pèdre m'est échappé !— Antonio ne revient pas. — Antonio ! tu sais seul le secret de Pizarre.—Seul, tu sais combien je dois haïr l'époux de ma sœur. — De ma sœur !... son époux !... le crime les unit aux autels ; ce crime ne fut pas consommé, il ne le sera jamais. La mort va les unir.—Oui : D. Pèdre, tu emporteras ton erreur aux enfers.—Ma mère, avant d'expirer, n'a dévoilé qu'à moi ce mystère.... Je me repens de l'avoir confié au fidèle Antonio. — S'il allait me trahir ! si D. Pèdre était reconnu, que deviendrait ma fortune ? — Et Amélia ?... Antonio est bien lent à m'amener ma victime....—Cette nuit même je suis débarrassé de ceux que j'abhorre, et demain j'envahis les restes de leur riche héritage. —Oui : la soif de l'or me dévore. Je l'éteindrai dans le sang.

SCÈNE II.

LES PRÉCÉDENS, MARCEL *entrant par le côté gauche.*

MARCEL *cherchant dans l'obscurité.*

Ou le trouver ?

PIZARRE *allant à lui.*

Antonio ?... est-ce toi ?

MARCEL *avec frayeur.*

C'est Marcel... Je viens vous annoncer de la part d'Antonio, qu'au moment même où nous sortions du château par une porte dérobée, nous avons entendu un grand bruit et sur-tout la voix de D. Juan. Antonio de peur d'être découvert s'est caché dans un creux de rocher avec la jeune personne.

PIZARRE.

Où est-elle ?

MARCEL *montrant le côté à gauche.*

Là.

PIZARRE *aux siens avec fureur.*

Suivez-moi. (*Il sort à gauche avec les gens armés.*)

SCÈNE III.

MARCEL *seul, regardant les gens armés qui sortent.*

Quel cortège effrayant il traîne à sa suite ? que va-t-il faire ? Lui ai-je bien indiqué l'endroit ? je n'en sais rien ; je ne sais même pas où je suis ... Quel est le projet d'Antonio ? Je l'ai vu frémir en contemplant la belle évanouie. Pourquoi m'a-t-il envoyé ici ? pourquoi s'est-il éloigné avec la jeune personne ?... Que m'importe ? Courons retrouver mon maître. (*Il sort par où il est entré.*)

SCÈNE IV.

*(Pendant le monologue de Marcel, on voit Antonio entrer
par les rochers du fond. Il emporte Amélia évanouie, la
dépose sur un roc, la tient suspendue sur le torrent; il est
irrésolu; il l'observe avec horreur et pitié.)*

AMÉLIA, *évanouie*, ANTONIO.

ANTONIO *la contemplant.*

Je la tiens dans mes bras, expirante .... Mille piastres
m'attendent .... Je suis seul .... — Qu'ai-je dit? barbare !
que t'a-t-elle fait? qu'a-t-elle fait à son frère ?.... Son frère !
Il ne l'est pas ... il est son bourreau.

AMÉLIA *se soulevant et regardant Antonio.*

O mon libérateur !

ANTONIO *bas.*

Son libérateur !.... (*haut.*) Quel nom me donnez-vous ?
reconnoissez ... Antonio.

AMÉLIA *le fuyant épouvantée.*

Antonio ?... Je suis au pouvoir du cruel instrument de la
rage de mon frère ? (*Elle arrive sur l'avant-scène.*)

ANTONIO *la poursuivant.*

De votre frère !... (*bas.*) Ah ! laissons-lui ignorer ce que
je voudrais pouvoir me cacher à moi-même.

AMÉLIA *frémissante.*

Antonio !...

ANTONIO.

Tremblez ; il y va de mes jours si je n'obéis aux ordres de
Pizarre.

AMÉLIA *tombant à ses pieds.*

J'embrasse tes genoux .... Ah ! tu n'es pas impitoyable
comme celui qui t'envoie. Es-tu fait pour exécuter les atro-
cités qu'il commande, toi, qui me tendais les bras quand sa
main me replongea dans les flots ?.... Crains-tu que je ne
compromette ta vie, moi qui lui pardonne, moi qui, pour

B

assurer l'impunité de ses scélératesses , ai jusqu'ici caché mon
sort et mon nom? Va : je les cacherai encore. Laisse-moi ensevelir dans un antre ignoré , ma misère et ses forfaits. Laisse-
moi ; jamais il n'entendra parler de la malheureuse Amélia...
(*Se levant.*) Je le jure .... Cependant retourne au barbare :
dis-lui qu'Amélia n'est plus ; qu'il peut sans crainte s'enrichir
de mes dépouilles .... et moi je me souviendrai toujours que
quand il a voulu deux fois ma vie, deux fois tu me l'as laissée.

[M U S I Q U E   D O U C E.]

(*Irrésolution d'Antonio ; il est combattu entre l'humanité et
la soif de l'or. Amélia l'observe avec une attention rapide
et profonde. A l'inquiétude d'Antonio succèdent la pitié ,
le repentir , le remords ; il tombe aux pieds d'Amélia. Elle
se relève , saisit le moment qui la sauve , s'éloigne , les yeux
attachés sur Antonio , qui a la tête courbée vers la terre.
Amélia marche péniblement , s'éloigne de lui , s'arrête ,
chancelle , est prête à tomber. Antonio la regarde , se lève ,
fait quelques pas vers elle et s'arrête en s'écriant :*)

A N T O N I O.

Sauvez-vous ! sauvez-vous ! ...

[M U S I Q U E   V I V E.]

(*Amélia à la voix d'Antonio reprend ses forces et disparaît
seule rapidement à droite. On la voit s'enfoncer dans la
forêt , en suivant le cours du torrent. Antonio immobile la
suit des yeux , et l'excite du geste à doubler le pas. Quand
il ne la voit plus , il montre de la joie mêlée d'un peu de
crainte.*)

S C È N E   V.

A N T O N I O *seul.*

ELLE est partie ! ... ah ! tant-mieux ! ...Et moi ! ... que
vais-je devenir ? comment répondre à son bourreau ? Quand il
ne verra plus sa proie , il va tourner contre moi sa rage. (*Il
rêve.*) Je l'ai trompé pour sauver Amélia ; ne puis-je le tromper encore pour me sauver moi-même? Je suivrai l'avis d'Amélia. Sa sûreté, la mienne , me font une loi du mensonge ....
(*Avec feu.*) Si tous les mensonges ressemblaient à celui-là , je
m'honorerais de mentir toute la vie... (*Le Théâtre s'éclaire
un peu.*) Silence ! ... voici mon maître ! ...

SCÈNE VI.

PIZARRE, ANTONIO.

PIZARRE *en entrant.*

(*Bas.*) L'heureuse rencontre !.... Je cherchais Amélia, D. Pèdre est venu lui-même se jeter dans mes mains... il ne m'échappera plus ! (*Allant à Antonio.*) Eh bien ? c'en est fait sans doute ?

ANTONIO *avec embarras.*

Oui... jamais vous ne la reverrez.... vous n'entendrez plus parler d'elle.... Si elle a suivi le torrent, elle est déja bien loin.

PIZARRE.

Que son sort demeure enseveli dans un oubli éternel !.... Il y va de vos jours.

ANTONIO *avec intention.*

Nous avons tous deux le même intérêt à nous taire. N'ayez nulle crainte. Le secret ne sera pas plus trahi par moi que par elle. Ce secret n'est pas plus important que celui de votre naissance et de celle de D. Pèdre.

PIZARRE *avec feu.*

Silence !... (*Bas.*) Dans peu je serai sûr de sa discrétion...

ANTONIO.

C'est un ouvrage bien terrible que celui dont vous m'avez chargé. Il m'a fallu tout mon courage pour l'achever. Je suis persuadé que vous-même, qui, sans contredit, êtes plus aguerri que moi, vous n'auriez pas pu sans frémir achever cet ouvrage-là. J'en suis encore tout ému, tout tremblant ; j'en suis malade. (*D. Juan paraît ; il cherche Pizarre.*)

PIZARRE.

Je te croyais plus intrépide. (*Bas.*) Il a des remords ! il me trahirait ; c'est l'arrêt de sa perte.

S C È N E   V I I.

L ES P RÉCÉDENS , D. J U A N.

D. J U A N *l'épée à la main, à Pizarre.*

ENFIN je te retrouve. . . . . défends-toi, vil ravisseur !

P I Z A R R E.

Y Penses-tu ? je suis Pizarre , ton ami.

D. J U A N.

Défends-toi , te dis-je ?

P I Z A R R E.

Quelle furie ? un mot.

D. J U A N.

Je l'adorais ; tu me l'as enlevée ; je n'écoute rien.

P I Z A R R E *se défendant.*

Soit.

(*Combat singulier entre Pizarre et D. Juan. D. Juan est désarmé.*)

Es-tu en état de m'écouter maintenant ?

D. J U A N.

Rends-moi mes armes.

P I Z A R R E , *l'épée sur la gorge de D. Juan.*

Quand tu m'auras entendu, écoute.... tu dois me connaître ; si j'eusse enlevé celle que tu réclames et que tu appelles ma maîtresse , tu la verrais auprès de moi ; je te la disputerais ouvertement.... Crois-moi, D. Juan , je ne l'ai pas vue !...

D. J U A N *à Antonio.*

Et toi ? tu es venu dans mon château. N'as-tu rien entendu , rien vu ?

A N T O N I O.

En sortant , j'ai cru entendre de loin des cris étouffés ; je n'ai pas soupçonné le motif.. . . . C'était les cris d'une femme.

D. J U A N *avec feu.*

D'une femme ! . . . . Courons. (*Il va pour sortir du même côté qu'Amélia.*)

ANTONIO *avec intention, lui montrant le côté opposé.*

Les cris partaient de ce côté... Allez ; il est peut-être temps encore.

D. JUAN *à Pizarre, avec la plus grande vivacité.*

Veux-tu me convaincre de ton innocence ? suis-moi ; viens m'aider à retrouver celle que j'adore. (*Il sort vivement du côté gauche.*)

PIZARRE *avec contrainte.*

Soit. (*à Antonio.*) Tu me retrouveras au château de D. Juan. (*A part en sortant.*) Amélia n'est plus ! ... D. Pèdre va périr dans un cachot ! ... (*Il suit D. Juan.*)

SCÈNE VIII.

ANTONIO *seul, les regardant sortir.*

Le beau couple d'amis ! ... L'un libertin déclaré, l'autre scélérat déterminé..... « Tu me retrouveras au château de » D. Juan... » Je vous entends, mon vertueux maître !... C'est encore quelque beau trait que vous méditez, vous avez besoin de mes services... Eh bien ! vous pouvez y compter. Il vous reste une victime à sacrifier. Vous avez appris que D. Pèdre qui, comme Amélia, avait été par vous englouti dans les flots, avait l'audace de vivre malgré vous. ... Vous lui destinez le même sort qu'à sa femme... (*Avec horreur.*) Sa femme ! ... La nature frémit à ce nom... O fatalité !... Une mère coupable bannit D. Pèdre au berceau, et l'envoie au Mexique..... Pizarre, fruit d'un crime, usurpe le nom et les droits de D. Pèdre. Vingt ans s'écoulent.... D. Pèdre, ignorant sa naissance, revient en Espagne, voit sa sœur Amélia et l'épouse sans la connaître !..... D. Pèdre ! Amélia ! Pizarre !.... Quels affreux secrets ! ... Seul j'en suis dépositaire et je ne puis les trahir !... Dans quel labyrinthe d'horreurs me suis-je jeté en entrant au service d'un homme si cruel ? ... N'importe, m'y voilà, j'y reste. ... Il a la plus grande confiance en moi... Servons-nous-en pour prévenir ses forfaits. Évitons ses soupçons ; ce serait fait de moi... Quels dangers je cours!.. (*Avec courage.*) Où serait le mérite d'une belle action, si l'on ne courait aucun risque à la faire ? .... (*Il rêve.*) Pauvre Amélia ! ... Cependant D. Juan la cherche et Pizarre qui la croit là, (*Il montre le torrent.*) la cherche aussi ou feint de

la chercher. (*Avec joie.*) Je lui ai donc sauvé à-la-fois l'hon-
neur et la vie ! Ah ! c'est le plus beau de mes jours. . . . . .
(*Regardant du côté de la forêt et suivant la trace d'Amélia.*
Avec joie.) Je ne la vois plus ! . . . Me trompé-je ? . . . Seroit-ce
D. Juan qui s'avance vers ces lieux. . . . C'est lui ! . . . Ah !
grand dieu ! aurait-il soupçonné ma ruse ? aurait-il rencontré
Amélia ? . . . Il vient ici : écoutons. (*Antonio se met à l'écart*
et prête l'oreille.)

SCÈNE IX.

ALONZO, ANTONIO *à l'écart.*

ALONZO *avec joie et abandon.* (*)

Malheureuse épouse ! enfin D. Pèdre te sera rendu ! . . .

ANTONIO *à part, trompé par la ressemblance des jumeaux.*
Que dit-il ?

ALONZO.

Le doute est éclairci ; cruel Pizarre ! . . .

ANTONIO *à part.*

Il sait tout ; il a retrouvé Amélia !

ALONZO.

Après tant de revers , D. Pèdre va dès ce jour jouir d'un
bonheur assuré , en proclamant son hymen avec Éléonore.

ANTONIO *à part.*

Son hymen avec Éléonore ? . . . Amélia , sa première femme
respire ! . . .

ALONZO ; *il va pour sortir à gauche.*

Courons annoncer cette nouvelle à D. Juan.

ANTONIO *à part.*

Ce n'est pas D. Juan que je vois ?

ALONZO *s'arrêtant.*

Malgré ses folies en amour, D. Juan a des principes , de

---

[*] Autant D. Juan a été violent, leste et libertin, autant Alonzo
doit être doux , sensible et pur. La seule qualité qui leur est commune ,
est le courage.

l'honneur. Il aime comme moi notre Éléonore; il viendra partager son bonheur. . . . Allons.

ANTONIO *abordant Alonzo.*

Pardon si je vous aborde et si j'ose. . .

ALONZO *reculant d'horreur.*

Que vois-je ! . . . Le valet de l'infâme Pizarre !

ANTONIO.

Hélas ! c'est lui-même. . . . Antonio sent qu'il est affreux d'appartenir à un tel maître. . . . C'est un crime, mais nécessaire, et que je prétends expier. . . (*Alonzo veut le quitter.*) Un mot seulement.

ALONZO *revenant à Antonio.*

Oses-tu me parler, toi, le vil complice de tous les forfaits de Pizarre ?

ANTONIO.

Si vous saviez le motif qui m'anime, vous me pardonneriez, vous m'estimeriez. (*Bas.*) Taisons-lui qu'Amélia existe encore.

ALONZO.

Traître! penses-tu me séduire par ce ton d'intérêt qui cache ta fureur ?

ANTONIO.

Ma fureur ! . . . Si Amélia pouvait vous dire ce que j'ai fait pour elle, vous me rendriez plus de justice.

ALONZO.

Tu m'oses rappeler le souvenir d'Amélia ? plus de détours inutiles. J'ai tout appris. Je sais que c'est toi qui l'as assassinée.

ANTONIO.

Moi !

ALONZO *avec chaleur.*

Toi-même. . . . Pizarre t'ordonna ce crime. . . . ta barbarie l'exécuta.

ANTONIO *avec feu.*

Je l'ai sauvée ! . . .

ALONZO *vivement.*

Elle respire ?

ANTONIO *se reprenant.*

Je n'ai point dit cela... (*Silence.*) Je sais que D. Pèdre est l'époux d'Éléonore.

ALONZO.

Qui te l'a dit ?

ANTONIO.

Mon maître... Et je ne doute point qu'il ne veuille encore le perdre avec Amélia.

ALONZO.

Avec Amélia !... Elle respire donc ?

ANTONIO *dans le plus grand embarras.*

Je ne dis point cela.... (*Nouveau silence.*) Mais je sais qu'Amélia a reparu depuis son naufrage à Cadix.

ALONZO.

Depuis son naufrage !... ô dieux ! D. Pèdre était l'époux d'Éléonore, et Amélia vivait ignorée !...

ANTONIO *vivement.*

Me promettez-vous de garder le secret ?

ALONZO *de même.*

Je le jure.

ANTONIO.

Eh bien !.... Apprenez le comble de la scélératesse. Je frémis.... Je n'ose révéler les forfaits de Pizarre.

ALONZO.

Achève, achève; rien ne m'étonnera. J'attends tout de ce frère dénaturé.

ANTONIO *l'examinant.*

Il est bien vrai que vous n'êtes pas D Juan ?

ALONZO *avec la plus vive impatience.*

Je suis Alonzo... parle, parle.

ANTONIO.

Vous ne découvrirez rien à D. Juan.

ALONZO *avec chaleur.*

A personne :... parleras-tu ?

ANTONIO *rapidement.*

Ecoutez : ... si votre ame n'est pas aussi endurcie que celle de mon maître, vous allez frémir à chaque mot. ... Sachez d'abord que Pizarre, poussé par le démon de la cupidité, ensevelit l'aînée de ses sœurs dans un cloître où elle languit encore.

ALONZO, *impatient.*

Je sais cela.

ANTONIO.

Il allait y ensevelir aussi la cadette, lorsque D. Pèdre, pour l'arracher à l'esclavage, sans la connaître et par pure humanité, la demanda en mariage.

ALONZO, *plus impatient.*

Je sais tout cela.

ANTONIO.

Voici ce que vous ne savez point... Pizarre mit à ce mariage deux conditions : la première, que D. Pèdre signerait avoir reçu six cent mille livres pour la dot d'Amélia ; la seconde, qu'il retournerait sur-le-champ au Mexique avec Amélia, et que lui D. Pèdre déposerait en outre deux cent mille francs, qui seraient perdus pour lui, si Amélia ou D. Pèdre reparaissaient jamais en Espagne.

ALONZO.

Quelle barbarie ! quelle avarice !

ANTONIO *avec horreur.*

Les deux sommes sont déposées ; les conventions sont signées. D. Pèdre et Amélia sont mis sur le vaisseau même qui va les éloigner de l'Espagne. Ils partent. Pizarre déguisé les suit avec moi ; nous les devançons loin des côtes. La tempête seconde l'affreux projet de mon maître. Le navire se brise. D. Pèdre jette Amélia dans une chaloupe. Il est englouti lui-même avec son navire. On le croit mort. Amélia, jouet des vents et des flots, s'approche du rivage. Un éclair la découvre à Pizarre. Je lui tends les bras. Pizarre la repousse. Elle est submergée !..

ALONZO.

Quelle scélératesse !

ANTONIO.

Ce n'est pas tout.... Pizarre vole à Cadix. Fait constater le naufrage et la mort d'Amélia, et touche devant moi les six cent mille francs en pleurant la mort.... de sa victime !

ALONZO.

Quelle horreur !

ANTONIO.

Ce n'est pas tout.... Pizarre apprend qu'Amélia et D. Pèdre, sauvés par miracle, vivent tous deux, l'un, sous le nom de Courvallo, chez votre sœur Eléonore; l'autre, sous le nom de Christine, chez votre frère D. Juan, et qu'ils pleurent leur mort mutuellement. Il publie lui-même le meurtre d'Amélia et en accuse D. Pèdre qui, dit-il, s'en est délivré pour suivre une première inclination. Il s'appuie sur le mystère même qui couvre l'hymen de D. Pèdre et d'Eléonore.

ALONZO.

Arrête.... laisse-moi respirer ; tout mon sang bouillonne de fureur.... Le monstre !

ANTONIO.

Voici son dernier trait : il pénètre dans l'asyle d'Amélia qui, depuis six mois, y vivait inconnue, uniquement pour couvrir l'infamie de.... son frère....

ALONZO.

Eh bien !

ANTONIO.

Il la fait enlever pour l'immoler encore à son avarice.

ALONZO *avec feu.*

Il a consommé le crime !

ANTONIO.

Elle ne vit plus.... (*Bas.*) Pour lui !... (*Haut.*) Il n'entendra plus parler d'elle.

ALONZO *avec énergie.*

Et ce monstre respire encore ! et tu oses le servir ?

ANTONIO *avec courage.*

Pour lui arracher ses victimes.

ALONZO *avec douleur et vivacité.*

Tu ne lui as point arraché Amélia ?

ANTONIO.

J'ai fait pour elle tout ce qui était en mon pouvoir ; je n'ai rien à me reprocher.... Quand à D. Pèdre, si vous voulez le sauver, il n'y a qu'un moyen.

ALONZO.

Quel est-il ?

ANTONIO.

D'agir de concert avec moi ; de garder le secret le plus inviolable sur ce que je vous ai confié et sur ce que je crains encore.

ALONZO *avec la plus grande chaleur.*

Compte sur ma discrétion autant que sur mon zèle, à déjouer les projets de ce monstre.... En attendant que la foudre en purge la terre, aide-moi à sauver l'innocence. Suis-moi... cesse de servir cet homme abominable.

ANTONIO *avec fermeté.*

Il m'attend au château de votre frère. S'il ne m'y retrouvait, il pourrait me soupçonner ; je perdrais l'espoir de vous être utile.... Mais, dès ce moment, je ne suis plus à lui, je suis tout à vous.... Je vous instruirai de tout.

ALONZO.

Va... Dieux tout-puissans ! détournez l'orage qui s'apprête.

ANTONIO *très-rapidement.*

Comptez, comptez sur moi. Tranquillisez-vous... Retournez près d'Éléonore. Il ne faut pas qu'on nous voie arriver ensemble au château de D. Juan. Allez ; de la prudence ! du courage ! et le ciel assurera nos succès.

(Antonio sort à gauche, Alonzo à droite ; il suit le cours du torrent.)

Fin du second Acte.

ACTE III.

(*La scène est double.*) *A droite, un jardin, un berceau, une table, du papier, du lait,* etc. *On voit à gauche la chambre rustique du Curé. Elle ne doit occuper que le quart du Théâtre; le reste est affecté à son jardin. La porte du jardin est au fond. Celle de la chambre est sur le côté à droite. Elle donne sur le jardin, ainsi qu'une petite croisée. Un banc de gazon devant la chambre. Les meubles du Curé sont très-modestes.*

SCÈNE PREMIERE.

PASCAL, *seul.*

[MUSIQUE DOUCE ET EXPRESSIVE.]

(*Au lever de la toile, on voit Pascal occupé à bécher, à arroser, à ratisser son jardin. Il est fatigué et ennuyé. Il laisse la béche, l'arrosoir, le rateau ; va s'asseoir sous un berceau ; prend un livre, lit un instant, le ferme, soupire ; se lève, se promène pensif. Va jusqu'à la porte; l'ouvre; regarde en dehors; referme la porte; montre de l'impatience; revient; veut lire encore, referme le livre; s'assied; rêve quelque temps ; se lève et finit par se mettre à table où l'on voit du pain bis et une écuelle pleine de lait.*)

(*Parlant.*) VOILA donc le beau déjeûner d'un Curé de village qui a l'énorme traitement de cinq cents livres ! encore n'est-il pas seul à les dépenser.... Quelque pauvre que je sois, j'ai de temps en temps le plaisir de soulager des malheureux qui sont plus pauvres que moi.... Vous vous croyez heureux, riches de la terre, qui ne songez qu'à accumuler trésors sur trésors, encore est-ce souvent par des crimes !... (*Il rêve.*) Je serais plus heureux que vous, si !...

(*Amélia frappe à la porte du jardin.*)

Qui peut frapper si matin ? Serait-ce déja mon ami Alonzo ?

(*Il montre de la joie et va ouvrir précipitamment.*)

SCÈNE II.

AMÉLIA, PASCAL.

PASCAL *étonné en ouvrant la porte.*

Que vois-je !... Que demandez-vous ?

AMÉLIA *un peu alarmée.*

Le Curé de ce hameau ; pourrais-je lui parler ?

PASCAL *avec bonté.*

Oui, certes ; parlez-lui ; il est devant vous.... Entrez....
(*Lui donnant la main et la conduisant près de la table.*)
Vous paraissez bien fatiguée ; asseyez-vous.

AMÉLIA *s'assied et cherche à cacher son trouble. Elle
a un mouchoir à la main.*

PASCAL *l'examinant.*

Vous êtes inquiète ? . . . . N'ayez aucune crainte. . . Vous
êtes chez un homme qui sait respecter le malheur, la vertu et
l'hospitalité. . . . Vous pleurez !... Ah ! parlez ; que desirez-vous
de moi ?

AMÉLIA.

Un asyle.

PASCAL *étonné.*

Un asyle ! . . . De tout mon cœur je voudrais pouvoir vous
le donner ; mais. . .

AMÉLIA *avec douleur.*

Il n'y aurait pas chez vous une place pour moi ?

PASCAL.

De la place ? tant que vous voudrez ; mais des provisions ?
fort peu.

AMÉLIA.

Je ne demande que du travail et du pain.

PASCAL.

Du pain ?... Je n'en ai pas trop non plus. Je ne refuse
pourtant pas de partager avec vous. Mais souvenez-vous que
c'est le pain qui fait le fond de ma cuisine ; encore voyez sa
couleur. (*Il lui montre son déjeûner.*)

AMÉLIA.

Il me suffira... n'avez vous pas besoin d'une servante ?

PASCAL.

Une servante ! Qui ? vous !.... Si j'en crois votre mise, votre air, vous n'êtes pas faite pour une condition....

AMÉLIA *l'interrompant.*

La plus obscure sera la meilleure.

PASCAL.

Vous m'étonnez. . . Je vous le répète, avec moi vous manquerez de tout.

AMÉLIA.

Décidez de mon sort ; c'en est fait de mes jours, si vous ne me recevez pas.

PASCAL.

Je n'ai garde de me faire prier. Je vous reçois.

AMÉLIA *avec joie et candeur.*

C'est tout ce que je desire. . . (*En elle-même.*) Puissé-je échapper par là aux poursuites d'un frère barbare.

PASCAL *après avoir réfléchi.*

Allons, voilà qui est convenu. Voulez-vous partager mon modeste déjeûner ?

AMÉLIA.

Volontiers.

(*Pascal prend une seconde écuelle, y verse du lait et le présente à Amélia qui déjeûne avec lui.*)

PASCAL.

Je vous ai accordé une partie de ce que vous m'avez demandé, un asyle et du pain ; quant au travail, je m'en charge... Ah ! ça, vous ne me refuserez pas le plaisir d'entendre vos aventures ?

AMÉLIA *rassurée.*

Me promettez-vous de renfermer dans votre sein les demi-confidences que je vais vous faire ?

PASCAL.

Pourquoi des demi-confidences ?

AMÉLIA.

Parce que mes destins sont affreux. Un mot peut me perdre.

Un mot peut découvrir ma trace à mes persécuteurs. Ils sont capables de venir ici m'arracher à la vie obscure, mais paisible, que vous me faites espérer.

PASCAL.

Vous m'effrayez. . . Ah! ne m'apprenez de vos aventures que ce qui ne peut en rien exposer vos jours. Comptez sur ma discrétion. . . J'écoute.

AMÉLIA.

L'injuste haine d'un frère a fait tous mes malheurs. . . Un crime m'a fait tomber dans les mains d'un séducteur ; un nouveau crime m'en a arrachée pour me remettre dans les vôtres, qui doivent êtes innocentes et pures.

PASCAL *avec feu.*

Qui l'ont toujours été, qui le seront toujours.

AMÉLIA.

Il ne me reste rien des nombreux avantages dont la fortune m'avait un instant comblée. J'ai tout perdu, tout, jusqu'à mon nom.

PASCAL *avec bonté.*

Jusqu'à votre nom ?. . . Le ciel m'a enlevé une nièce qui faisait ma consolation ; vous me la retracez par vos malheurs, par vos vertus. Elle se nommoit Juliette. . . . Ce nom vous convient-il ?

AMÉLIA *rassurée.*

Juliette , soit.

PASCAL.

Eh bien ! soyez toujours ma Juliette , et consolez-vous de la perte de votre nom que je ne veux pas savoir. . . Je ne veux que m'occuper du soin de bannir vos ennuis .. (*On entend ici au fond dans la coulisse, une musique villageoise. Se levant.*) A propos : c'est aujourd'hui le jour de ma naissance ; voici le moment où mes paroissiens ont coutume de célébrer ma fête. . . Qu'avez-vous?

AMÉLIA *effrayée*

Pardon ; mais dans la situation où je suis , je dois craindre tous les regards.

PASCAL.

Qu'à cela ne tienne. La fête se passe dans le jardin ; en entrant ici, vous pouvez en jouir , sans être vue de personne.

SCÈNE III.

[MUSIQUE GAIE ET VILLAGEOISE.]

(Pascal conduit Amélia dans la chambre, et reste lui-même dans le jardin. Les villageois entrent en dansant dans le jardin, et y forment un ballet champêtre. Le Curé se met sur sa porte. Amélia regarde de temps en temps au travers de la croisée, et montre de la satisfaction. Les villageois présentent à Pascal des fruits et des fleurs, et se retirent gaîment après le ballet. Pascal rentre dans la chambre et ramène Amélia dans le jardin.)

PASCAL.

Cette fête ne pouvait pas venir plus à propos. Vous a-t-elle un peu divertie ?

AMÉLIA.

Beaucoup.

PASCAL.

Elle n'est pas fastueuse comme celle des riches ; elle est simple comme les enfans de la nature qui la célèbrent.

(Alonzo frappe à la porte du jardin.)

SCÈNE IV.

AMELIA, PASCAL, ALONZO *dans le jardin.*

AMÉLIA *vivement.*

Ah ! n'ouvrez pas, je vous prie ; n'ouvrez à personne.

PASCAL.

A personne !.... Oh ! grace pour un seul homme. C'est mon ami de collége ; il vient ici très souvent. Puis-je lui refuser ma porte le jour de ma fête ? . . . Il est vertueux.

AMÉLIA.

Il est votre ami.

PASCAL.

Permettez-vous que je lui ouvre ?... Il ne vous connaît pas ?

AMÉLIA.

Son nom ?

PASCAL.

Alonzo.

AMÉLIA.

Ce nom m'est étranger.

(*Alonzo frappe encore.*)

PASCAL.

Il s'impatiente. Ouvrirai-je ?

AMÉLIA.

Si ce n'était pas votre ami ?

PASCAL *allant au fond et regardant au travers du feuillage.*

Je vais m'en assurer sans être apperçu. . . . (*Après avoir regardé.*) C'est lui ! c'est lui !

AMÉLIA.

Qu'il ignore même le peu que je vous ai dit.

PASCAL.

Vous ne serez pour lui que Juliette, que ma nièce.

(*Alonzo frappe à coups pressés.*)

AMÉLIA.

Ouvrez-lui. (*Bas.*) Quel tendre intérêt il me témoigne ! Je respire enfin ! . . . Ce n'est point ici le château de D. Juan. (*Regardant Alonzo qui entre. Avec un cri.*) Le voilà ! grand Dieu ! (*Elle tombe sur un siége ; Alonzo stupéfait n'ose d'abord s'approcher d'elle.*)

PASCAL *courant à Amélia.*

Juliette ! Juliette ! . . . Elle se trouve mal ? . . . D'où peut naître cette défaillance subite ? (*A Alonzo.*) Serait-ce de ta présence ? La connais-tu ?

ALONZO *s'approchant avec timidité et intérêt.*

Non : je la vois pour la première fois. (*Prenant la main d'Amélia. Bas.*) Et moi-même, que se passe-t-il dans mon cœur ? Sa main que je touche à peine le fait palpiter d'une étrange manière. (*A Pascal.*) Quelle est cette intéressante personne ?

PASCAL *occupé de Juliette.*

Ma nièce !

C

A L O N Z O *très-étonné.*

Sa nièce !

P A S C A L *sans regarder Alonzo, lui répondant.*
Oui : ma nièce.... ma Juliette !... reprenez vos esprits.

A M É L I A *se soulevant et jetant un coup-d'œil rapide sur Alonzo.*

(*A Pascal.*) C'est lui !.. sauvez-moi... sauvez-moi.

P A S C A L.

Quel délire ! (*A Alonzo.*) Plus de doute. C'est ton aspect qui lui fait cette cruelle impression. Eloigne-toi ; laisse-moi lui parler seul. Sors, te dis-je ! un moment.

A L O N Z O *allant au fond du jardin.*
Je m'y perds. Je ne sais où j'en suis moi-même... Quel intérêt elle m'inspire !

(*Alonzo s'éloigne, on le voit, pendant l'entretien suivant de Pascal avec Amélia, se promener rêveur dans le jardin.*)

SCENE V.

A M É L I A, P A S C A L.

P A S C A L.

Dans quel état affreux vous voilà ? Quel est ce mystère ? Ne puis-je savoir ?...

A M É L I A *avec un soupir.*
Vous m'avez trompée !..

P A S C A L.
Moi !

A M É L I A.
Ce jeune homme que vous m'aviez peint si vertueux...

P A S C A L.
Eh bien !

A M É L I A.
Est ce même séducteur...

P A S C A L *l'interrompant.*
Alonzo, un séducteur !

AMÉLIA.

Alonzo, dites-vous ?.. C'est... D. Juan... sauvez-moi...
sauvez-moi....

PASCAL, *la rassurant*.

D. Juan ?.. Ah ! dissipez votre erreur, cruelle... je conçois
enfin votre saisissement... il naît de la ressemblance parfaite
d'Alonzo avec D. Juan.

AMÉLIA *effrayée*.

Ils se ressemblent !

PASCAL *avec expression*.

D'air et de figure, à s'y méprendre ; de mœurs et de carac-
tère, nullement.

AMÉLIA.

Qu'entends-je ! qu'ai-je dit ? mon secret m'est échappé !

PASCAL *avec fermeté et franchise*.

Il vous reste ; je suis seul...

AMÉLIA.

N'ai-je pas nommé D. Juan devant Alonzo ?

PASCAL.

Non.... il s'est éloigné... Seul, je l'ai entendu nommer et
j'ai tout oublié.

AMÉLIA *à part*.

Quel trouble nouveau s'empare de mes sens ? D'où vient que
je frémis ? Quel est cet Alonzo ?.. (*Silence d'Amélia et de
Pascal. Ils se regardent mutuellement.*)

ALONZO *au fond du jardin*.

Juliette !.. nièce de Pascal !.. J'étais venu lui parler de ma
sœur Eléonore, et je n'ai pu lui parler que de Juliette ?.. (*Il
rêve.*)

PASCAL *à Amélia*.

Ne craignez point Alonzo... Si vous aviez vu avec quel
intérêt il vous contemplait !.. avec quel regret il s'est éloigné
de vous ! Puis-je lui dire de reparaître ?... Un mot de sa bouche
vous rassurera plus que tous mes discours.

AMÉLIA.

Souffrez que je l'évite pour quelques instans ; parlez-lui seul ;
sur-tout taisez-lui que j'ai connu D. Juan.

(*Amélia entre dans la chambre.*)

S C È N E   V I.

A L O N Z O, P A S C A L.

PASCAL *regardant la chambre où Amélia s'est enfermée.*

Quelle grace ! quelle noblesse ! quelle candeur ! (*Il rêve.*)

ALONZO *au fond, il l'a vue entrer dans sa chambre.*

Elle m'évite !.. que lui ai-je fait ?.. Je n'éprouvai jamais ce que j'éprouve pour elle. (*Il va vers Pascal.*)

PASCAL, *sans voir Alonzo.*

C'est un ange qui est venu me demander l'hospitalité, et c'est D. Juan...

ALONZO *l'interrompant.*

Tu parles de D. Juan ?

PASCAL *surpris et se reprenant.*

De D. Juan !.. est-ce que j'en ai parlé ?

A L O N Z O.

Quel est ce mystère ?

PASCAL *embarrassé.*

Il n'y a pas... de mystère. (*Il rêve.*)

A L O N Z O.

Franchement, mon ami, je crois que ta nièce te tourne la tête.

P A S C A L.

Ma nièce !

ALONZO, *avec feu.*

Oui : ta nièce... Je ne t'ai jamais vu rêveur et sombre comme te voilà.

P A S C A L.

Et toi-même ? quel ton ! quelle vivacité ! tu n'as jamais parlé ainsi à ton ami... Tu n'as plus cette douce gaîté, cet enjouement.

A L O N Z O.

Il est vrai, je l'avouerai ; jamais femme ne m'inspira cet

intérêt vif et rapide... Mon ami, ne m'abuse pas davantage... conviens-en; Juliette n'est pas ta nièce.

PASCAL.

N'est pas ma nièce ?

ALONZO.

Son air, son langage, tout annonce...

PASCAL.

Sa vertu.

ALONZO.

Sa naissance...

PASCAL *l'interrompant.*

Vous verrez que pour avoir toutes ces qualités, il faudra qu'elle soit née du prince des Asturies !.. (*Avec embarras.*) Elle est ma nièce, te dis-je !

ALONZO.

Tu ne m'as jamais parlé d'elle...

PASCAL, *un peu embarrassé.*

Elle sort du couvent... j'avais mes raisons sans doute pour me taire.

ALONZO.

En as-tu aussi pour me la cacher ? Ne puis-je la voir ?

PASCAL.

(*Allant ouvrir la porte de la chambre.*) La voilà !.. je te prie de lui épargner les questions.

ALONZO.

Je me tairai... je la vois !..

SCÈNE VII.

AMÉLIA, ALONZO, PASCAL.

[MUSIQUE TENDRE ET EXPRESSIVE.]

(*Amélia sort de sa chambre, salue profondément Alonzo qui lui répond par un salut très-respectueux. Amélia n'ose encore observer Alonzo qui la contemple avec cette décente curiosité que donne à la vertu un amour naissant. Amélia*

*n'ose témoigner la joie que lui inspire la vue du modeste
Alonzo. Le Curé les observe tous deux avec une douce
satisfaction.)*

AMÉLIA à part.

Comme il lui ressemble !.. autant D. Juan m'inspirait d'effroi, autant Alonzo m'inspire de confiance.

ALONZO à Amélia, avec timidité.

Puis-je désormais me flatter que Madame daignera recevoir
ici, sans peine, l'ami de son oncle ?

AMÉLIA de même.

Les amis... de mon oncle seront toujours les miens.

PASCAL à Alonzo.

Tu ne te plaindras point de cette réponse ?

ALONZO à Pascal.

Je la dois à son amitié... pour toi.

PASCAL.

Non. .. Juliette te rend justice... c'est à toi-même que tu
dois...

AMÉLIA l'interrompant.

Mon oncle !

PASCAL bas, regardant Juliette.

Elle rougit ! (Bas, regardant Alonzo.) Il est déconcerté !

AMÉLIA à part.

Que se passe-t-il en eux... et en moi ?

PASCAL à part.

Alonzo l'aimerait-il déja ?

ALONZO de même.

Pascal serait-il aimé ?...

PASCAL à Alonzo.

Et ta sœur ? tu ne m'en parles pas. Ses chagrins seront-ils
bientôt finis ?

ALONZO.

Je l'espère...

AMÉLIA.

Vous avez une sœur malheureuse ?

ALONZO.

Hélas !

AMÉLIA.

Vous la plaignez ? vous l'aimez ?

ALONZO.

Plus que moi-même.... Je n'aime rien sur la terre autant...
autant que ma sœur.

AMÉLIA *suffoquant.*

Autant... que votre sœur !... Combien elle doit s'applaudir.
(*Bas et en elle-même, s'éloignant.*) Et moi ! ... qu'ai-je fait
au ciel, pour m'avoir fait naître sœur du farouche Pizarre ?
(*Elle s'assied et cache ses larmes.*)

[MUSIQUE DOULOUREUSE.]

(*Amélia toute à sa douleur n'ose plus regarder Alonzo. Les
deux amis étonnés gardent le silence. Alonzo est pensif et
immobile. Pascal va d'Alonzo à Amélia, veut la consoler.
Alonzo debout, au milieu, est irrésolu et combattu entre
l'amour et le respect. Antonio paraît et veut l'entraîner
hors du presbytère. Etonnement d'Alonzo, vif empresse-
ment d'Antonio effrayé. Antonio n'a pas encore vu Amélia
qui est absorbée dans la douleur. Alonzo prêt à partir veut
dire adieu à Amélia.*)

SCÈNE VIII.

LES PRÉCÉDENS, ANTONIO.

ANTONIO, *bas à Alonzo, et voulant l'entraîner.*

Y PENSEZ-VOUS ? qui peut vous arrêter ? songez que le péril
presse. Si vous tardez un instant, D. Pèdre est dans un cachot ;
votre sœur n'y survivra point.

ALONZO, *bas à Antonio, et les yeux sur Amélia.*

Quel monstre ose le poursuivre encore ?

ANTONIO *de même, allant pour sortir.*

Pizarre... D. Pèdre est en son pouvoir. ..

ALONZO *de même.*

En son pouvoir ! ... ..Courons. (*S'arrêtant et regardant
Amélia.*) Juliette ! ...

AMÉLIA,

ANTONIO *vivement.*

Pizarre a obtenu un ordre... Sauvez, sauvez D. Pèdre.

ALONZO *sortant, haut.*

Oui : je le sauverai... ou je périrai avec lui.

PASCAL *se levant et courant après lui.*

Mon ami ! vous me quittez ?... Vous me fuyez ?... Alonzo !...

ALONZO *dans le jardin, s'éloignant.*

Je le dois.

(Pascal court après lui.)

AMÉLIA *se levant égarée.*

Non : c'est à moi de vous fuir tous deux.... Que vois-je ?...
*(Elle va pour sortir ; elle s'arrête épouvantée, à l'aspect
d'Antonio qui s'arrête aussi, stupéfait de la retrouver.)*

SCÈNE IX.

AMÉLIA, ANTONIO.

AMÉLIA.

Antonio !... est-ce toi ?... Qui t'amène en ces lieux ?

ANTONIO *rapidement.*

Un nouveau crime de Pizarre.

AMÉLIA *à demi-voix.*

Quel nom oses-tu prononcer ?

ANTONIO.

Nous sommes seuls. Rassurez-vous, Amélia.

AMÉLIA.

Appelle-moi, Juliette..... Qui t'a dit que j'étais ici ? ton
féroce maître les aurait-il ?

ANTONIO.

Il l'ignore ; je l'ignorais aussi. C'est le hazard ; c'est un dieu
qui me fait vous retrouver... Je venais implorer le secours
d'Alonzo. Lui seul peut prévenir le forfait que médite encore
Pizarre.

AMÉLIA *épouvantée.*

Pizarre ! Quel forfait ?... Achève....

ANTONIO.

Je ne puis !

AMÉLIA.

Tu me glaces d'horreur. . . Explique-toi. . . Ton silence. . .

(Pendant cette scène, on voit revenir le Curé qui a suivi Alonzo hors du jardin ; il rentre dans sa chambre , écrit une lettre en soupirant ; la cachette et la porte à la fin de la scène à Amélia.)

ANTONIO *l'interrompant.*

Est nécessaire.

AMÉLIA.

A qui ?

ANTONIO.

A Éléonore , à vous-même.

AMÉLIA.

Quelle est cette Éléonore ? Quel est ce mystère ?

ANTONIO *avec feu et horreur.*

Il est affreux... Mais telle est ma situation... Je sais tout de Pizarre... J'ai sa confiance encore... et je dois me taire ; ... je dois tromper Pizarre, pour lui épargner des crimes ; et vous , pour vous sauver encore.

AMÉLIA.

Quel danger me menace ? Que dois-je craindre ?

ANTONIO.

La mort, si je dis un mot.

AMÉLIA *avec énergie.*

Parle.

ANTONIO.

Qu'ordonnez-vous ?

AMÉLIA *avec un cri déchirant.*

Parle , parle , te dis-je ? que m'importe la vie ?

ANTONIO.

Vous l'exigez !... Eh bien ! ... apprenez : .... je ne puis....

AMÉLIA *avec calme.*

Achève : j'écoute sans effroi. . . .

ANTONIO.

Apprenez que Pizarre poursuit votre héritage dans les mains...
du mari d'Éléonore.

AMÉLIA *avec feu.*

Quelle est cette Éléonore?

ANTONIO.

Une femme aussi malheureuse que vous.

AMÉLIA.

Je ne te conçois pas.... Quel est le nom du mari d'Eléonore?
m'est-il connu?

ANTONIO.

Oui.

AMÉLIA.

Son nom?... Qui t'empêche de le nommer?

ANTONIO *dans le plus grand embarras.*

Son nom?... Son nom est aujourd'hui... Courvallo.

AMÉLIA.

Je ne le connais point...... Pizarre peut-il réclamer mon
héritage d'un étranger?

ANTONIO.

Il ne l'est pas.

AMÉLIA.

Quel est-il?

ANTONIO.

Ne m'interrogez plus.

AMÉLIA *avec la plus grande chaleur.*

Achève, achève.

ANTONIO.

Non : jamais je ne révélerai ce fatal secret. Un mot, vous
dis-je? un seul mot ferait deux victimes... (*Le Curé se lève.*)

AMÉLIA.

Deux victimes !

PASCAL *sur la porte, sa lettre à la main.*

Deux victimes?...

AMÉLIA *voyant Pascal.*

Qu'a-t-il dit?

SCÈNE X.

LES PRÉCÉDENS, PASCAL.

(Dans sa chambre.)

PASCAL, *en lui-même, agité et parcourant le Théâtre.*

Non; je ne puis plus résister à la douleur de mon ami, aux larmes de Juliette.. Qu'elle vive pour Alonzo... (*Il rêve.*)

AMÉLIA *en elle-même.*

Alonzo en fuite! Antonio interdit! Pascal désespéré! mon destin est donc de rendre malheureux tout ce qui m'environne. (*Elle pleure.*)

PASCAL *à Amélia.*

Juliette !... séchez, séchez vos larmes... (*En lui-même.*) Allons.... Éléonore doit être au désespoir.... (*Il va pour sortir et revient.*) Dans l'état où je suis, je ne puis consoler personne !... (*A Amélia.*) Ne me rendrez-vous pas le service de porter ce billet au château voisin ? (*Il lui donne le billet.*)

AMÉLIA *le prenant vivement.*

Très-volontiers! (*Elle va pour sortir.*)

PASCAL *la rappellant avec douleur.*

Juliette !... quoi? si vîte !... Hélas! où courez-vous? je vous demande un instant... un seul instant !

AMÉLIA.

J'ai cru par ma promptitude vous donner une preuve....

PASCAL *l'interrompant.*

Juliette !... adieu !... adieu !

AMÉLIA.

Mais tout-à-l'heure je vais...

PASCAL *l'interrompant avec un soupir étouffé.*

Le plus court voyage peut devenir une longue absence... Ne me refusez pas. ... un adieu !

AMÉLIA *très-effrayée.*

Mon bienfaiteur !

PASCAL.

Que mon état ne vous effraie point. . . . Ce sont les larmes qui me suffoquent... Elles cherchent un passage... Si je pleure, je suis sauvé... Partez, mon enfant, partez donc... je vous en prie, je vous l'ordonne au nom du plus grand sacrifice dont un homme puisse être capable.

AMÉLIA *fondant en larmes.*

Adieu !... adieu !

PASCAL *la retenant encore.*

Allez, Juliette ! ... Si jamais vous m'accordez un souvenir, ah ! qu'il ne soit pas seulement de compassion ; qu'il soit aussi, je vous en conjure, qu'il soit de bienveillance et... d'estime. Antonio ne la quitte pas !...

(*Pascal parle à l'oreille d'Antonio.*)

[MUSIQUE DE SENTIMENT.]

(*Amélia, Antonio pleurent ; Pascal ne peut pleurer ; il a une douleur sombre ; il cherche encore la main d'Amélia qui saisit la sienne, la serre, y applique rapidement et avec respect ses lèvres, soupire et gagne la porte du jardin. Antonio la conduit. Pascal les suit des yeux ; dès qu'ils ont disparu, il reste immobile, les mains vers le ciel qu'il implore pour Amélia. La toile tombe.*

Fin du troisième acte.

ACTE IV.

*Le Théâtre représente l'appartement d'Eléonore; il est riche-
ment meublé, et donne sur un jardin orné de vases, de
jets d'eau, de statues, etc.*

SCÈNE PREMIÈRE.

ÉLÉONORE *seule et entrant par le jardin.*

Enfin il va venir celui que j'aime !.... Cher et malheureux
D. Pèdre! Enfin tu ne craindras plus de te montrer dans mon
château; je ne craindrai plus de porter le nom d'un époux
adoré. Tu ne seras plus Courvallo, tu seras toujours D. Pèdre!...
Trop long-temps le crime t'a poursuivi; la vertu triomphe; tu
m'es rendu pour ne me quitter jamais. Qui te retient loin de
moi ?... Tu m'annonçais ton arrivée aux premiers rayons de
l'aurore; l'astre du jour est au milieu de sa course, et tu n'es
point dans les bras de ton Éléonore ?... Mon frère Alonzo n'a
point encore paru ! ... Seul il me consolait de la trop longue
absence de mon époux... Seul il connoissait les motifs de notre
hymen secret... Je ne sais quel pressentiment cruel vient se
mêler à la joie que j'éprouve... (*Avec espoir.*) D. Pèdre va
paraître, que puis-je redouter encore ?... (*Rêvant.*) Cette
victime que tu arrachas à l'esclavage, cette malheureuse Amélia!
tu la plaignais et tu m'aimais en l'épousant... Je t'aimais et je
ne pouvais être à toi... La perte de ta jeune épouse, la mort de
mon vieil époux, ont brisé les entraves qui nous séparaient, et
rendent notre amour légitime... Viens !... viens !... je brûle
de proclamer mon hymen, mon bonheur...

SCÈNE II.

ÉLÉONORE, ANTONIO.

ANTONIO *au fond, à part.*

Son bonheur !...

ÉLÉONORE *se détournant et voyant Antonio.*

Uu valet?... Qui vous envoie?

ANTONIO.

Le Pasteur du hameau voisin.

ÉLÉONORE *avec feu.*

Le bon Pascal!... aurait-il reçu des nouvelles?.. Je cours chez lui... (*Elle va pour sortir.*)

ANTONIO.

Daignez m'écouter... Il vous prie d'accorder un asyle secret à une jeune femme malheureuse.

ÉLÉONORE *avec intérêt.*

Une femme malheureuse! Je l'ai été trop long-temps pour ne pas sentir ce que l'on doit à l'infortune... Qu'elle entre.

ANTONIO.

La voici.

(*Jeu muet d'Antonio qui les observe toutes deux.*)

SCÈNE III.

AMÉLIA, ÉLÉONORE, ANTONIO.

ÉLÉONORE *contemplant Amélia qui s'arrête en la saluant.*

(*En elle-même.*) A son aspect la joie... la surprise... la tris-tesse se confondent dans mon ame... (*Haut.*) Approchez .. ne craignez rien... je dois tout à celui qui vous envoie ; attendez tout de son amie.

AMÉLIA, *lui présentant le billet de Pascal.*

Daignez, Madame, parcourir ce billet. Il vous instruira sans doute du motif qui m'amène.

ÉLÉONORE *lisant bas et s'interrompant.*

(*A Amélia.*) Juliette !... vous vous nommez Juliette ?

AMÉLIA *avec embarras.*

C'est le nom que le bon Pasteur m'a donné.

ÉLÉONORE, *après avoir fini de lire.*

(*En elle-même.*) Malheureux Pascal !.. heureux Alonzo !.. (*Haut.*) Ma chère Juliette ! (*Lui montrant l'appartement à droite.*) Voici l'appartement que je vous prie de vouloir bien occuper. (*Étonnement d'Amélia.*) Il est à vous, à vous seule... personne n'aura jamais le droit d'y entrer sans votre ordre... Comptez sur ma discrétion comme sur celle de Pascal... soyez dans mon château votre maîtresse absolue. Vous y serez un second moi-même... si mes consolations peuvent vous être utiles...

AMÉLIA.

Madame !..

ÉLÉONORE.

Ce n'est point Madame qu'il faut dire, c'est mon amie.
(*Elle embrasse Amélia.*)

ANTONIO *à part.*

Laissons-lui son erreur... Amélia est en sûreté... Rejoignons Pizarre... je crains toujours quelque nouveau forfait.

(*Il s'esquive.*)

SCÈNE IV.

AMÉLIA, ÉLÉONORE.

AMÉLIA.

Puis-je savoir ce que mon bienfaiteur vous écrit ?

ÉLÉONORE.

Il me défend de vous le dire.

AMÉLIA.

Si vous saviez dans quel état je l'ai laissé !...

ÉLÉONORE.

Soyez sans inquiétude. On en prendra le plus grand soin.

AMÉLIA.

Il manque de tout.

ÉLÉONORE.

Il ne manquera de rien... je suis assez riche pour fournir aux besoins de mon ami, de l'ami d'Alonzo.

AMÉLIA *vivement.*

Alonzo, dites-vous ? vous le connaissez ?

ÉLÉONORE.

Il est mon frère ; il habite le même château que moi.

AMÉLIA *voulant sortir.*

Adieu, Madame !

ÉLÉONORE.

Vous me quittez ?

AMÉLIA.

Souffrez que j'aille retrouver l'asyle paisible que le bon Pasteur...

ÉLÉONORE.

Il ne peut plus vous recevoir... Où pourriez-vous être plus en sûreté que chez moi ?... Redouteriez-vous la présence de mon frère? Ce serait lui faire injure.

AMÉLIA *avec crainte.*

N'avez-vous pas un autre frère ?

ÉLÉONORE *étonnée.*

Oui... Le connaîtriez-vous ?

AMÉLIA *avec embarras.*

Le bon pasteur m'a fait de lui un portrait si effrayant !...

ÉLÉONORE.

Rassurez-vous; il ne loge point avec moi; il y a plus de six mois que je ne l'ai vu.... Si le hazard l'amenait, il ignorerait que Juliette habite mon château. Je vous le répète.... personne n'entrera dans cet appartement sans votre ordre. (*Montrant la chambre à droite.*) Promettez-moi de ne plus le quitter... Ce billet m'impose la loi de ne pas vous interroger sur votre sort ; j'obéirai. Je vous laisse ; quand il ne vous conviendra plus d'être seule, (*Montrant l'appartement à gauche.*) voilà ou vous pourrez retrouver votre amie. (*En entrant à gauche.*) D. Pèdre ne revient pas !...

SCÈNE V.

AMÉLIA *foudroyée.*

D. PÈDRE !... Est-ce bien D. Pèdre dont elle a prononcé le nom? Il vivrait ! et Alonzo !... et mon amour !... Ciel ! j'ai pu jusqu'ici supporter la vie et l'infortune ; mon innocence faisait ma force. Si mon époux respirait; si mon amour était criminel, je n'y survivrais pas. (*Elle rêve.*) Je reste confondue de la manière noble, mais simple, dont cette femme céleste me comble de bienfaits. Alonzo ! Alonzo! votre sœur est bien digne de vous. Qu'ai-je dit? c'est en frémissant que je m'avoue à moi-même un amour ;... et j'ose rester dans un château qu'Alonzo habite ! Si D. Juan qui me cherche encore m'y retrouvait ! Si Pizarre découvrait par lui ma retraite !

SCÈNE VI.

AMÉLIA, ANTONIO *accourant.*

ANTONIO.

Fuyez : D. Juan et Pizarre me suivent.

AMÉLIA *très-épouvantée.*

Pizarre ! D. Juan ! où me cacher ?

ANTONIO *montrant l'appartement à droite.*

Là.... ils me tueront plutôt que d'y entrer.

AMÉLIA *en entrant.*

Grands dieux !

SCÈNE VII.

ANTONIO *seul, fermant la porte sur Amélia.*

Comptez sur moi.... Silence ! je les entends...Silence !— (*En lui-même.*) J'ai beau faire pour la sauver, sa malheureuse étoile met en défaut mon génie.... Les voici ! (*Antonio reste immobile.*)

SCÈNE VIII.

D. JUAN, PIZARRE, ANTONIO.

D. JUAN *à Pizarre qu'il entraîne.*

Entreras-tu enfin? Depuis quand refuses-tu de rendre visite à une jolie femme? Je veux que tu fasses connaissance avec elle.

D

PIZARRE *voyant Antonio.*

Que fais-tu là ?

ANTONIO *très-embarrassé.*

Moi !...Sachant que vous veniez, j'ai couru vous annoncer...

D. JUAN *à Antonio.*

A ma sœur ?... tu as fort bien fait... Où est-elle ? se cache-rait-elle à mes yeux ? elle aurait grand tort. Je l'aime ; et quand je la vois si jolie, je suis vraiment fâché qu'elle soit ma sœur... Elle ne vient pas ?... Je vais la chercher. (*Il va vers la chambre d'Amélia.*)

ANTONIO *se plaçant devant lui.*

Pardon, mille fois pardon ; mais je suis chargé de vous dire qu'elle n'y est pour personne.

D. JUAN.

Elle y sera pour moi, j'espère.

ANTONIO.

Ni pour vous ni pour mon maître ; telle est ma consigne.

D. JUAN *menaçant Antonio.*

Maraud !....

PIZARRE *retenant D. Juan.*

Mon ami ! c'est pour moi sans doute qu'elle se cache. Je n'insisterai pas ; je sors.

D. JUAN.

Tu resteras, tu la verras ; suis-moi. (*A Antonio.*) Imperti-nente sentinelle ! retire-toi ou tremble....

ANTONIO *sans bouger.*

Frappez.... vous n'entrerez que sur mon corps.

D. JUAN *tirant son épée et retenu par Pizarre.*

Tu retiens mon bras?.... J'entrerai malgré lui, j'entrerai.

ANTONIO.

Vous n'entrerez point.

S C È N E IX.

LES PRÉCÉDENS, ÉLÉONORE.

ELÉONORE *sortant de sa chambre à gauche.*

QUEL bruit ?... Oh ! je n'en suis plus surprise. D. Juan est arrivé... (*Elle salue Pizarre très-froidement.*)

D. JUAN *à Antonio.*

Que nous disais-tu ?... Je te pardonne ; je la vois. (*à Pizarre.*) Il y a du mystère là-dessous. (*Pendant que D. Juan parle à Pizarre, Antonio dit vivement deux mots à l'oreille d'Eléonore qui les saisit aussitôt.*) Je conçois.... C'est à toi que l'on cache la personne qui est dans cet appartement... Je gage que c'est D. Pèdre... Tu m'as pourtant juré que c'est fini... Ne le poursuis plus ; je te demande sa grace en faveur de mon Éléonore.

PIZARRE *bas à D. Juan, déguisant sa férocité.*

Tu as raison ; c'est fini, je ne le poursuivrai plus.

D. JUAN *à Pizarre.*

Bon ! (*A Eléonore.*) Tu parais troublée ; tes yeux malgré toi se portent vers cet appartement... Quelqu'un y est caché ?

(*Le reste de cette scène est très-rapide.*)

ELEONORE.

Quelqu'un ?

D. JUAN.

Plus de secret. Je connais la personne.... je l'ai vue....

ELEONORE.

Vous l'avez vue !

D. JUAN.

Comme tu trembles !.... Serait-ce à cause de Pizarre ?.... Apprends que je les ai réconciliés ensemble.

ELEONORE.

Ensemble? de qui parlez-vous ?

D. JUAN *impatienté.*

Eh ! morbleu ! de D. Pèdre.

É L É O N O R E.

D. Pèdre !

D. J U A N.

Pourquoi le cacher à mes yeux ? il est là ; je veux le voir, l'embrasser.

É L É O N O R E *devant la porte à droite.*

De quel droit voulez-vous entrer dans cet appartement ?

D. J U A N.

Vous verrez qu'il me sera défendu d'embrasser ton époux.

É L É O N O R E.

Mon époux !.... Qui vous l'a dit ?

D. J U A N.

Lui-même, cette nuit quand je l'ai sauvé.

É L É O N O R E.

Vous l'avez sauvé !

D. J U A N.

Oui , des mains d'un brigand masqué qui s'est enfui à ma vue, et que je n'ai pu ni atteindre ni connaître. (*Pizarre frémit bas.*) Il ne t'a point raconté tout cela ?

É L É O N O R E *alarmée.*

Je ne l'ai pas vu.... Votre récit me glace d'effroi. Quoi ? cette nuit....

D. J U A N.

Oh ! je m'en souviendrai toute la vie. La délivrance de ton époux m'a coûté ma maîtresse.

É L É O N O R E.

Vous l'avez sauvé ! pourquoi ne vient-il pas ? quand le verrai-je ?

P I Z A R R E *à part.*

Jamais.

D. J U A N.

Quand retrouverai-je ma Christine ?

P I Z A R R E *à part.*

Jamais.

ÉLÉONORE *à D. Juan.*

Vous ne me répondez pas ? Qui peut le retenir ?

D. JUAN.

Quoi ! ce n'est pas lui qui est caché dans cet appartement ?
(*Il y va.*)

ANTONIO *ramenant D. Juan.*

Ah ! s'il a eu l'audace de traverser de nuit la forêt....
(*Pizarre est rêveur, D. Juan est distrait.*)

ÉLÉONORE *à Antonio.*

Eh bien ?

ANTONIO *vivement à Eléonore.*

Chut !... je vais faire un conte....

D. JUAN *d'un air distrait à Antonio.*

Eh bien ? cette forêt ?...

ANTONIO *avec intention.*

J'y ai apperçu une bande de coquins... Ils avaient des figures atroces, des pistolets, des poignards. (*Regardant Pizarre qui rêve.*) J'en ai vu un sur-tout, c'était le capitaine ; il tenait une épée sanglante ; il poursuivait je ne sais qui ; j'ai vu l'instant où il allait commettre un assassinat horrible. Heureusement la fuite a sauvé la victime.... Et me voilà !...

D. JUAN.

Où les as-tu vus ?

ANTONIO.

Auprès du torrent.

PIZARRE *bas à Antonio, avec fureur.*

Que dis-tu ?

ANTONIO *haut.*

La vérité. (*Bas à Pizarre.*) Elle a suivi le torrent, que craignez-vous ? (*Bas à D. Juan.*) La victime était une jolie femme.

D. JUAN *avec la plus grande chaleur.*

C'était ma maîtresse.

ANTONIO *bas à D. Juan.*

Je le crains.

D. JUAN *à Pizarre, l'entraînant avec feu.*

Courons l'arracher à ces scélérats. . . . Nous la disputerons quand nous l'aurons sauvée. . . . Suis-moi. . . .

ANTONIO *bas à D. Juan.*

Le temps presse.

D. JUAN *entraînant Pizarre et courant.*

Je la retrouverai ! je la retrouverai ! (*Il sort avec Pizarre.*)

ANTONIO *les regardant sortir, avec le cri de la joie.*

Enfin nous en voilà débarrassés. . . . (*Bas.*) et Amélia qui a tout entendu !

SCÈNE X.

[Musique en crescendo forte.]

(*Eléonore est effrayée encore du récit de D. Juan. Elle est partagée entre l'espoir et la crainte. Antonio suit des yeux D. Juan et Pizarre. Il montre une grande satisfaction quand il ne les voit plus. Il rassure Eléonore ; il la quitte pour aller vers Amélia ; il entre dans l'appartement à droite. Amélia en sort égarée. Contraste entre la douleur d'Eléonore qui pleure et le désespoir d'Amélia qui ne peut ni pleurer ni parler. Eléonore ouvre ses bras à Amélia ; celle-ci recule d'épouvante ; elle ne voit plus dans Eléonore que la femme de son propre mari. Au désespoir d'Amélia, qui cause le plus grand étonnement à Eléonore, succède une pitié douce ; elle plaint son innocente et généreuse amie. Effroi et stupéfaction d'Eléonore qui ne peut concevoir le vrai motif des sentimens contraires qui agitent Amélia. Antonio veut en vain les consoler ; leur mutuelle désolation redouble. Elles s'éloignent l'une de l'autre et vont se jeter sur deux fauteuils opposés.*)

SCÈNE XI.

LES PRÉCÉDENS , ALONZO *accourant avec joie.*

ALONZO *ne voyant que sa sœur.*

Plus de larmes, ma sœur, plus de larmes. Ton frère, ton ami t'apporte les nouvelles les plus heureuses.

ÉLÉONORE.

Est-ce toi , Alonzo ?

AMÉLIA *de l'autre côté, avec un cri étouffé.*

Alonzo !

ÉLÉONORE.

Que viens-tu m'apprendre ?

ALONZO.

Que tes chagrins sont finis ; que ton époux adoré est libre ; qu'il me suit , qu'il va paraître.

ÉLÉONORE.

D. Pèdre !

AMÉLIA *de l'autre côté.*

D. Pèdre son époux !

ÉLÉONORE.

Je vole au-devant de lui.

AMÉLIA.

Je meurs !

(Eléonore court au fond ; Alonzo la suit et sort avec elle sans voir Amélia.)

SCÈNE XII.

AMÉLIA *évanouie*, ANTONIO.

ANTONIO, *la contemplant.*

Pauvre Amélia ! ... Enfin elle sait tout... elle aime Alonzo, et D. Pèdre son époux va paraître... Ah ! si j'avais le courage de parler ! Et Eléonore ? son ame innocente se livre à la joie de revoir l'époux... (*Avec horreur.*) D'Amélia!... Ah ! c'en est fait... Disons l'affreuse vérité... Que vas-tu faire, Antonio ? Pizarre n'est pas loin. Si tu dis un mot, c'en est fait de toi... Si ce monstre allait reparaître ! ... (*Il va pour sortir , il observe au fond.*)

AMÉLIA *avec désespoir, courant à lui.*

Antonio ! Antonio !

ANTONIO.

Madame !

AMÉLIA.

Mon libérateur ! ne m'abandonne pas... Sauve-moi... sauve
Eléonore.

ANTONIO.

Que puis-je faire ?

AMÉLIA.

M'arracher de ce lieu fatal.

ANTONIO.

Quel parti ?

AMÉLIA, *allant pour sortir.*

C'est le seul qui me reste. Conduis-moi dans un désert sau-
vage, où je puisse vivre à jamais ignorée.

ANTONIO.

Où courez-vous ? ... D. Juan, Pizarre vous cherchent...
Pizarre a des soupçons sur moi. S'il vous retrouve ?...

AMÉLIA.

Il finira ma souffrance. Si je reste ici, D. Pèdre va me voir ;
tout va se découvrir.

ANTONIO *avec trouble et fermeté.*

Il le faut.

AMÉLIA.

Que dis-tu ?

ANTONIO.

Le secret me pèse.

AMÉLIA.

Quel nouveau secret ? .... Parle ou donne-moi la mort !
Puis-je encore supporter l'aspect d'Éléonore, que ma vie rend
coupable; de D. Pèdre, que mon amour a trahi ; d'Alonzo,
que j'aime, qui ne peut être à moi ?...

ANTONIO *avec force.*

Il peut être à vous.

AMÉLIA *avec horreur.*

A moi !... Qu'oses-tu dire ? achève.

ANTONIO.

Je ne puis.

AMÉLIA.

Achève !...

ANTONIO *cherchant à la calmer.*

Espérez... Il est une providence.... Elle vous éprouva long-
temps.... Le triomphe du crime ne sera pas de longue durée...
Du courage ! du courage !

AMÉLIA *retombant sur un siége.*

Je n'en ai plus.

SCÈNE XIII.

AMÉLIA *seule.*

AMÉLIA.

Qu'a-t-il dit ? quel est ce secret ?... Alonzo mon amant peut
être à moi, et D. Pèdre mon époux respire !... Il va paraître !...
et j'oserais l'attendre ? non... (*Elle va pour sortir, elle s'arrête.*) Combien de témoins m'environnent ! combien de témoins
chers et redoutables qui m'imposent la loi de les tromper ou
de les outrager !... Parler, c'est assassiner mon amie, mon
amant !... Me taire, c'est trahir mon époux...(*Avec feu.*)
Mon époux ?... Est-il le mien, s'il est celui d'Éléonore ?...
La même erreur nous abusa tous deux.... Il a perdu tous ses
droits sur Amélia... Et pourtant cette Amélia est criminelle si
elle conserve un secret penchant pour un autre.... Alonzo !
Alonzo !

SCÈNE XIV.

AMELIA, ALONZO.

ALONZO.

Quelle voix ?... Me trompé-je ?... C'est elle... Juliette

[MUSIQUE TENDRE.]

(*Amélia, à l'aspect d'Alonzo, éprouve un nouveau saisissement. Embarras et surprise d'Alonzo. Trouble excessif
d'Amélia. Alonzo tombe à ses pieds. Egarement et désespoir d'Amélia qui veut en vain le relever. Alonzo l'implore
à genoux. L'égarement d'Amélia redouble. Alonzo est
effrayé.*)

ALONZO *s'écriant dans sa frayeur.*

D. Pèdre ! Éléonore!... accourez tous.

AMÉLIA *avec un cri.*

Que faites-vous ? (*Elle tombe dans les bras d'Alonzo. Voyant D. Pèdre qui accourt avec Éléonore.*) C'est lui. . . . (*Elle reste immobile. Étonnement d'Alonzo.*)

SCÈNE XV.

LES PRÉCÉDENS, D. PÈDRE, ÉLÉONORE.

D. PÈDRE *foudroyé, voyant Amélia.*

GRAND Dieu !

(*Long silence.*)

(*D. Pèdre regarde tantôt Alonzo, tantôt Eléonore, tantôt Amélia... Ils ont tous les yeux fixés sur lui... Alonzo et Eléonore ne conçoivent rien au trouble subit de D. Pèdre. Après un instant de silence, D. Pèdre contemple encore Amélia et prenant Alonzo à l'écart :*)

Est-ce là cette Juliette dont vous m'avez tant parlé ?.. C'est... (*Regardant encore Amélia.*)

ALONZO et ÉLÉONORE.

Qu'avez-vous ?

D. PÈDRE *à Alonzo, par mots entrecoupés.*

C'est... c'est l'excès de la joie... qu'elle éprouve... à vous voir.

ALONZO.

Je n'ose m'en flatter.

ÉLÉONORE *à Alonzo.*

Ce ne peut être autre chose... je sais qu'elle vous aime.

D. PÈDRE.

Elle vous aime ! et vous l'aimez ?

ALONZO.

A l'excès !..

D. PÈDRE.

Et vous ignorez sa naissance ? (*Amélia revient à elle.*)

ALONZO.

Que m'importe sa naissance ? en l'adorant, je n'ai vu que ses vertus, sa beauté... Elle va parler... Nous serons unis...

D. PÈDRE.

Unis !..

AMÉLIA *avec un cri déchirant.*

Alonzo !.. qu'avez-vous osé dire ? (*Nouveau silence.*)

(*Amélia se lève égarée, regarde avec douleur Alonzo, avec crainte D. Pèdre, avec pitié Eléonore ; elle se tait ; immobilité de tous.*)

ÉLÉONORE *très-alarmée.*

Quel silence ! Juliette, expliquez-vous.

AMÉLIA *à Eléonore.*

Ah ! tremblez, tremblez d'apprendre mon sort !.. il est affreux... je ne suis pas la seule et la plus à plaindre... Eléonore !...

D. PÈDRE *vivement et avec douceur, à Amélia.*

Juliette !... au nom des dieux, n'achevez pas.

[M U S I Q U U E   D É C H I R A N T E.]

(*Nouveau silence. D. Pèdre implore, par un regard expressif, le silence d'Amélia en faveur de sa nouvelle et innocente épouse. Amélia saisit son intention. Elle n'ose plus regarder ni Alonzo ni Eléonore ; ses yeux s'attachent avec douleur sur D. Pèdre. Embarras d'Éléonore et d'Alonzo. Trouble de D. Pèdre. Désespoir d'Amélia. Eléonore va vers elle ; Amélia la fuit et rentre dans son appartement. Alonzo veut la suivre. Amélia le repousse. Eléonore étonnée et D. Pèdre consterné la suivent. Alonzo désespéré s'éloigne et sort par le fond.*)

Fin du quatrième Acte.

ACTE V.

Le Théâtre représente les jardins d'Eléonore. A droite et à gauche un pavillon. Au fond un parapet surmonté d'une grille qui ferme le jardin.
Derrière la grille, on voit à droite un coin de forêt; à gauche, une colline coupée par une route bordée de rochers et conduisant à la forêt. Au dernier plan, une file de rochers praticables qui traversent le Théâtre.

SCÈNE PREMIÈRE.

D. PÈDRE *égaré, à un Valet.*

Que la fête soit suspendue. Sortez... (*Le Valet sort.*) Où fuir ? où cacher ma douleur ?.. Eléonore ! Amélia ! votre image me poursuit par-tout. Mes idées se confondent. Dans quel abîme de maux nous plonge une erreur innocente, mais cruelle !... Eléonore n'écoute que son amour pour moi en ordonnant les apprêts d'une fête. — Une fête !.... la mort est dans mon cœur. Si je me justifie auprès d'Amélia éperdue, je deviens coupable aux yeux d'Eléonore jalouse... Que résoudre?

[MUSIQUE DE DÉSORDRE.]

(*Il parcourt le jardin dans la plus grande agitation. Il veut entrer dans le pavillon à droite. Il recule avec effroi. Il reste quelque temps irrésolu. Il est accablé à la vue d'Amélia qui sort et va vers lui.*)

SCÈNE II.

AMÉLIA, D. PÈDRE.

(*Amélia et D. Pèdre n'osent d'abord se parler ni se regarder. Ils restent quelque temps immobiles.*)

AMÉLIA *à demi-voix.*

D. Pèdre !

D. PÈDRE *de même.*

Amélia !.

AMÉLIA.

Dans quels lieux je vous revois ?

D. PÈDRE.

Dans quels momens m'êtes-vous rendue ?

AMÉLIA.

Epargnons-nous des reproches pénibles... votre mort que j'ai pleurée ne saurait me justifier.

D. PÈDRE.

Je suis seul coupable. L'hymen m'unit à Éléonore.

AMÉLIA *avec force.*

Cet hymen m'apprend mon devoir... Quand vous m'avez arrachée à l'esclavage qui m'attendait, vous aimiez Eléonore, vous en étiez aimé !... En vous unissant à moi , vous n'avez vu que mon malheur, vous m'avez sacrifié votre amour.... Aujourd'hui je dois vous sacrifier le mien.

D. PÈDRE.

Que dites-vous ?

AMÉLIA.

J'aime Alonzo; j'en suis aimée. En rompant tout lien avec lui , je m'acquitte envers vous. Alonzo, Eléonore ignorent qui je suis. Ils l'ignoreront à jamais. Je cours ensevelir avec moi mon secret dans un cloître.

D. PÈDRE *l'arrêtant.*

Dans un cloître !

AMÉLIA.

Pensez-vous que cet asyle soit effrayant pour une femme qui ne souhaite que la paix des tombeaux ?

D. PÈDRE.

Amélia !

AMÉLIA *vivement.*

Je suis, je serai toujours Juliette !... Tremblez d'être entendu.... Voulez-vous donner la mort à Eléonore ?... à Alonzo !.... Puis-je rester ici exposée aux tentatives de D. Juan, aux fureurs de Pizarre ? Et vous-même y êtes-vous en sûreté ?...

D. PÈDRE.

En ce moment affreux, pouvez-vous encore trembler pour moi ? Ah ! je ne tremble que pour vous. Quittez ce funeste projet. D Juan oserait-il vous enlever à D. Pèdre ? Pizarre est démasqué, poursuivi. Il n'est plus à redouter.

AMÉLIA.

Il l'est plus que jamais.

D. PÈDRE.

Pour vous ?

AMÉLIA.

Pour vous. Antonio m'a révélé...

D. PÈDRE *l'interrompant.*

Dans quel trouble je vous vois ? Et c'est moi qui le cause ! D. Pèdre vous serait-il cher encore ?

AMÉLIA *avec réserve.*

Puis-je jamais oublier vos bienfaits ?... Ajoutez-y le plus signalé de tous.... souffrez que Juliette aille loin d'Éléonore, loin d'Alonzo !...

D. PÈDRE *l'arrêtant.*

C'est devant eux que je vais proclamer mon épouse...

AMÉLIA *avec feu.*

Songez à Éléonore.

D. PÈDRE.

Songez-vous à Alonzo ?... Je ne veux... je ne dois voir que vous.

AMÉLIA *à D. Pèdre qui tombe à ses pieds.*

D. Pèdre !... (*Silence expressif.*)

(*Pendant cette pantomime, on doit voir les gens de Pizarre qui se cachent au fond dans les rochers.*)

SCENE III.

[MUSIQUE VIVE ET BRUYANTE.]

(*D. Pèdre reste quelque temps aux genoux d'Amélia qui veut en vain le relever. Il cède enfin aux instances d'Amélia. Il se lève; il est combattu entre l'amour et le devoir. Il veut rester avec Amélia; celle-ci le presse d'aller retrouver Eléonore, de la consoler. Combat de douleur et de générosité. D. Pèdre hors de lui rentre dans le château. Amélia*

*restée seule rêve, médite quelque temps. Elle regarde autour
d'elle ; voit la grille du côté droit ouverte. Va pour exécuter
son projet. S'arrête effrayée... Reprend courage. Va pour
sortir. Elle est arrêtée par Antonio qui entre.*)

SCÈNE IV.

AMÉLIA, ANTONIO *en spadassin.*

ANTONIO *accourant épouvanté.*

Aн ! Madame !...

AMÉLIA.

Qu'as-tu donc? pourquoi ce déguisement? qui te le fait
prendre ?

ANTONIO *regardant autour de lui.*

Pizarre.

AMÉLIA.

Qu'ose-t-il tenter encore ?

ANTONIO.

Le comble de l'horreur....

AMÉLIA.

Parle, je suis seule.

ANTONIO.

Je n'ose.... et pourtant si je me tais, c'en est fait de vous,
de D. Pèdre.

AMÉLIA.

De D. Pèdre !...

ANTONIO *avec rapidité.*

Écoutez : tantôt en vous quittant, j'ai couru retrouver mon
maître ; il était au château de D. Juan.... Dès qu'il m'a
apperçu : « je suis trahi, s'est-il écrié. » .... Je frémissais
tout bas... Qui vous a trahi, lui ai-je demandé?... « Alonzo ;
il m'a arraché ma victime. »... Quelle victime?... « D. Pèdre ;
il est chez Éléonore. »... Ces mots, quoique terribles, m'ont
un peu rassuré ; je ne tremblais plus pour vous... « Antonio !
» (a-t-il poursuivi) tu m'as déja rendu un grand service ; celui
» que j'attends encore sera le plus signalé. Cours chez Éléo-

» nore , tu y trouveras D. Pèdre ; invente quelque ruse , pour
» l'engager à venir au château de D. Juan. Dis-lui que sa
» sûreté l'exige. Fais que sa voiture traverse la forêt. J'y
» serai. » ...J'étais glacé d'horreur... « Tu balances ! »... Moi!
je suis prêt. « D. Pèdre pourrait te reconnaître sous cet habit;
» prends celui-ci. Pars ; je t'attends dans la forêt. »

AMÉLIA frémissante.

Je reconnais Pizarre.

ANTONIO.

Que résoudre ? vous me voyez révolté de tant d'horreurs.
Faut-il armer les gens du château ? Faut-il aller arrêter moi-
même ce monstre ?

AMÉLIA.

Ce monstre est. . . mon frère !

ANTONIO.

Pouvez-vous lui donner ce nom ? et moi-même puis-je rester
confident de ses horribles secrets ? Ne pas les révéler, c'est
être son complice. . . Je cours.

AMÉLIA.

Arrête ; la foudre est là... C'est aux dieux seuls à le punir.

ANTONIO.

Leur justice est trop lente ; c'est à moi de la prévenir. (Il
va pour entrer dans le château.) Alonzo va savoir. . .

AMÉLIA très-vivement.

Le voici ! ah ! garde-toi de lui rien révéler.

SCÈNE V.

LES PRÉCÉDENS, ALONZO, ELEONORE.

ALONZO.

DE lui rien révéler !... Juliette ! Quoi ? vos malheurs seront
donc toujours un secret pour Alonzo ? Est-ce là le prix de cet
amour si tendre, si pur, qui, malgré vous, sera éternel ?...Qui
peut vous forcer au silence ? Si votre cœur m'est fermé, Juliette!
dans le sein de qui déposerez-vous vos chagrins ?.... Parlez...

L'innocence poursuivie n'en est que plus intéressante. On ne
doit point rougir de ses malheurs ; il n'y a de honteux que le
vice.

A M É L I A.

Alonzo ! cruel Alonzo ! vous m'outragez ? vous !

A L O N Z O.

Moi ! outrager la vertu même !... Ah ! pardonnez au trouble
où je suis, les expressions qui ont pu échapper à ma douleur...
Juliette ! ne me cachez plus qui vous êtes ; qu'Alonzo partage
vos peines... Parlez, parlez, ou je meurs à vos pieds. (*Il s'y
jette.*)

A M É L I A *se relevant.*

Levez-vous, Alonzo ! levez-vous. Cessez d'attaquer ma fai-
blesse avec des armes si puissantes. Votre désespoir est plus
affreux pour moi que la haine de.... (*Se reprenant.*) Qu'allais-
je dire ? ...

A L O N Z O.

Achevez, Juliette !... Antonio ! intercède pour moi... Vou
vous taisez tous deux ? vous frémissez ? (*A Amélia.*) Vous
pleurez ! et Alonzo ne peut savoir la cause de vos pleurs ! ...
(*A sa sœur avec feu.*) Eléonore ! unis tes prières aux miennes.

É L É O N O R E *à Amélia, avec feu.*

Pouvez-vous voir sans pitié un amant éperdu, une amie
éplorée ?

A M É L I A *bas.*

Que je souffre !

A L O N Z O *avec abandon.*

Un mot.

É L É O N O R E *vivement.*

Un seul mot.

A M É L I A *à Eléonore.*

Il vous donnerait la mort.

É L É O N O R E *avec fermeté.*

Votre silence me la donne.

A M É L I A *bas, avec désespoir.*

Mon cœur est déchiré.

ÉLÉONORE *avec un dépit concentré.*

D. Pèdre, plus heureux que nous, connaît vos secrets.

AMÉLIA.

D Pèdre !

ÉLÉONORE.

Lui-même... Je l'ai surpris à vos pieds... Vous parliez avec lui ; vous vous taisez avec nous !... Eh bien ! Juliette, la jalousie d'une épouse va obtenir de D. Pèdre, ce que réclament en vain de vous, l'amour et l'amitié.

(*Eléonore va vers le château.*

AMÉLIA *bas.*

Où suis-je ?

ALONZO, *bas.*

Je frissonne !

ANTONIO *à part.*

Ah ! comment détourner tant d'orages à la fois ?... Veiller sur D. Pèdre, sur Amélia, c'est tout ce qui est en mon pouvoir. (*Il sort par la grille du fond.*)

SCÈNE VI.

AMELIA., ELEONORE, ALONZO, D. PÈDRE.

ELEONORE *amenant D. Pèdre.*

D. Pèdre ! (*L'embarras d'Amélia et de D. Pèdre est au comble.*) (*A D. Pèdre.*) J'ai béni jusqu'à ce jour notre union, malgré la crainte continuelle qui en empoisonnait les charmes. Je ne sais pourquoi cette crainte redouble depuis votre retour... Bien que je la croie peu fondée, elle renaît sans cesse. ... Hélas !... un noir pressentiment. ..

AMÉLIA *l'interrompant.*

Je crois vous entendre, madame. (*Montrant D. Pèdre.*) Vous craignez que sa première épouse, sauvée par un miracle, ne vienne un jour à reparaître, et...

ÉLÉONORE *l'interrompant vivement.*

Eh !... Je n'aurais plus qu'à mourir.

ALONZO *à sa sœur, d'un ton consolant.*

Impossible !

AMÉLIA *avec terreur et pitié.*

Impossible ! (*Long silence.*)

ÉLÉONORE.

Cependant la crainte est dans mon cœur. Le soupçon plus cruel encore me poursuit... D. Pèdre ! c'est à vous de le faire cesser... Je n'examinerai point le motif qui a déterminé Juliette à vous faire une confidence qu'elle refuse à votre épouse.

D. PÈDRE.

Quelle confidence ?

ÉLÉONORE.

Plus de détours. Répondez à ma franchise... Vous voyez la situation pénible où nous sommes... Pour l'intérêt de tous, il faut à l'instant révéler vos secrets à tous.... C'est une justice que je réclame au nom d'Alonzo, qui a beaucoup souffert de votre mystérieux entretien avec Juliette... Je vous en conjure pour moi-même, qui ne puis plus vous cacher que je suis jalouse. (*Avec force.*) Eh bien ! j'attends.

(*D. Pèdre est interdit.*

AMÉLIA *en elle-même.*

Je me soutiens à peine. (*A Eléonore.*) Qu'exigez-vous ?

ÉLÉONORE *avec fermeté.*

Votre nom ! . . .

ALONZO *à Amélia.*

Parlez : je suis prêt à m'immoler. . . .

AMÉLIA.

Eh bien ! je parlerai.

D. PÈDRE *à part, accablé.*

Où suis-je ?

(*Il s'éloigne et n'ose regarder ni Eléonore ni Amélia.*)

AMÉLIA *avec douleur.*

Malheureuse Éléonore ! apprenez. . . .

SCÈNE VII.

LES PRÉCÉDENS, ANTONIO.

ANTONIO *l'interrompant avec la plus grande vivacité.*

(*A Alonzo.*) ACCOUREZ, accourez..... Sauvez D. Pèdre, sauvez Amélia. (*Il la montre.*)

ALONZO, D. PÈDRE et ÉLÉONORE, *ensemble.*
Amélia !

ANTONIO *la montrant.*
Oui : Amélia.... Son danger m'arrache mon secret.

TOUS *avec feu.*
Quel nouveau danger ?

ANTONIO *à demi-voix, les interrompant.*
Vous le saurez ; silence !... Pizarre me suit ; il vient attaquer ce château. Le temps presse, courons le prévenir.

ÉLÉONORE.
Tout est connu... Où suis-je... (*Ils entrent tous en désordre dans le château. On entend plusieurs coups de feu.*)

SCÈNE VIII.

[Musique bruyante qui exprime la mêlée et le désordre d'un combat.]

(*On voit ici Pizarre, suivi des siens, traverser la scène au fond dans les rochers. Ils marchent silencieusement. Ils s'approchent de la grille, vont pour l'enfoncer et entrer dans le château. Antonio et les gens du château accourent armés. Pizarre d'abord les met en fuite et revient dans le château. Il parcourt le jardin dans la plus grande fureur. Alonzo court à lui et lui présente le combat ; combat singulier entre Pizarre et Alonzo sur l'avant-scène. Mêlée au fond. Pizarre est tué par Alonzo. Ses gens armés sont mis en fuite par D. Pèdre et Antonio.*)

SCÈNE IX.

(*Antonio court vers Pizarre qui tombe dans la coulisse. Amélia et Eléonore accourent avec les femmes du château. Alonzo et D. Pèdre vainqueurs viennent rassurer Amélia et Eléonore.*)

SCÈNE X et dernière.

ALONZO, AMÉLIA, D. PÈDRE, ÉLÉONORE, ANTONIO, Gens du chateau, Femmes.

(*Les gens du château se rangent à droite, les femmes à gauche.*)

ANTONIO *avec joie au fond, un papier à la main.*

Enfin le crime n'est plus; il est temps que la vertu respire. (*A tous.*) Séchez vos larmes ; tous vos chagrins sont finis.

TOUS *ensemble, stupéfaits.*

Antonio ! que dis-tu ?

ANTONIO.

La vérité.... Pardonnez-moi tous de vous l'avoir si long-temps cachée. Il y allait de mes jours.

TOUS.

Parle.

ANTONIO *à Amélia.*

Ce monstre qui vient de vomir son ame atroce, ce monstre que vous appeliez Pizarre....

TOUS.

Eh bien ?

ANTONIO.

Était né avant l'hymen de votre cruelle mère. Je frémis de vous apprendre que c'est son crime qui seul a fait tous vos malheurs. Sachez que c'est moi qui, séduit par l'appas de l'or, ai substitué le faux Pizarre à votre véritable frère... et ce frère si tendre, si généreux... est devant vous... C'est D. Pèdre!...

TOUS *avec joie et stupéfaction.*

D. Pèdre !

D. PÈDRE.

Moi ?

ANTONIO *à D. Pèdre, lui présentant le papier.*

Lisez.

D. PÈDRE, *après l'avoir lu bas.*

Horrible et heureuse vérité ! (*A Antonio.*) Où as-tu trouvé cet écrit ?

ANTONIO *montrant le fond à gauche.*

Sur Pizarre expirant.... (*à D. Pèdre et Amélia.*) Un crime vous avait unis ; heureusement il ne fut pas consommé, il ne le sera jamais... Vos liens sont brisés... Vous êtes libres.

ALONZO *avec le délire de la joie.*

Amélia ! (*Il tombe à ses pieds.*)

D. PÈDRE *avec abandon.*

Éléonore ! (*Il tombe à ses pieds.*)

ANTONIO *les mains au ciel.*

Éternelle Providence ! par toi les complots même du crime assurent le triomphe de la vertu !

(*Joie et satisfaction générale ; tableau de bonheur. Ballet.*)

Fin du cinquième et dernier Acte.

De l'Imprimerie de MIGNERET, rue Jacob, N°. 1186.

CATALOGUE *des Pièces nouvelles qui se trouvent aux adresses ci-dessus.*

Le Prisonnier ou la Ressemblance, comédie en 1 acte,
2.e édition, par le c. *Duval.*

Montoni ou le Château d'Udol-
phe, drame en 5 actes, par
le même.

Le Vieux Château, comédie en
1 acte, par le même.

Les Modernes enrichis, coméd.
en 3 actes, par le cit. J. B.
Pujoulx.

La Rencontre en voyage, com.
en 1 acte, par le même.

L'Epreuve délicate, coméd. en
1 acte, par le cit. *Roger.*

Zoraïme et Zulnar, opéra en 3
actes, par le cit. *Saint-Just.*

Orphée et Euridice, opéra en
3 actes, 4.e édition, par le
c. *Moline*, musique de *Gluck.*

Honorine, ou la Femme difficile
à vivre, comédie en 3 actes,
par le cit. *Radet.*

Pauline, ou la Fille naturelle,
com. en 3 actes, par le même.

Le Dîner aux Prés S. Gervais,
com. en 1 acte, par le même.

Le Testament, com. en 1 acte,
par le même.

Le Mariage de Scarron, coméd.
en 1 acte, par les cit. *Barré,
Radet et Desfontaines.*

Le Pari, divertissement en 1
acte, par les mêmes.

Un Rien ou l'Habit de Noces,
folie épisod. en 1 acte, par le
Cousin-Jacques.

Nota. Toutes ces pièces ont été vues et corrigées par leurs Auteurs. On est prié de vouloir bien les distinguer des contrefaçons que des Pirates en librairie ne cessent de répandre dans le Public, au mépris des loix et du respect dû aux propriétés.

On trouve aussi chez VENTE, Libraire, boulevard des Italiens, près la rue Favart, N.º 340,

Adèle et Dorsan, opéra en 3 act.
par *Marsollier.*

Marianne, comédie en 1 acte,
par le même.

Azéline, coméd. en 3 actes, par
le cit. *Offman.*

Le Jockei, com. en 1 acte, par
le même.

Le Secret, com. en 1 acte, par
le même.

Lisbeth, opéra en 3 actes, par
le cit. *Favière.*

Le même Libraire tient un assortiment complet de toutes les Pièces de Théâtre, tant anciennes que modernes. Il prévient les amateurs qu'il a des exemplaires sur papier vélin, d'*Othello,* de *Timoléon*, d'*Episharis et Néron*, du *Vieux Célibataire*, du *Conciliateur et des Femmes.* Il tient aussi toutes les bonnes éditions provenant du fonds de MARADAN, et toutes sortes de nouveautés.

AVERTISSEMENT.

On prévient le Public, qu'un grand nombre d'Auteurs dramatiques ayant cherché le moyen de parer aux contre-façons, s'est déterminé à faire exécuter un Cachet identique qu'il sera impossible d'imiter, et qui sera déposé au Bureau dramatique établi *rue Helvétius*, N.º 664, près celle Chabanais. Ce Cachet, la propriété des Auteurs, sera-empreint sur chaque exemplaire. Mais ce moyen ne pouvant pas être d'une exécution très-prompte, on prévient, en attendant, que tous les exemplaires d'*Amélia* ou *les deux Jumeaux Espagnols*, et d'autres Piéces, s'il y a lieu, seront signés du Fondé de pouvoirs des Auteurs dramatiques, à l'adresse ci-dessus indiquée.

Nota. Comme il pourroit se faire que les pièces de théâtre fussent contre-faites dans les Départemens, les Correspondans des Auteurs dans chaque Département sont invités à poursuivre, aux termes de la Loi, tout contre-facteur ou vendeur de contre-façons, s'il s'en découvre.

www.ingramcontent.com/pod-product-compliance
Ingram Content Group UK Ltd.
Pitfield, Milton Keynes, MK11 3LW, UK
UKHW022345130726
13694UKWH00006B/1235